Der Freund und der Fremde

Uwe Timm

Der Freund und der Fremde

Eine Erzählung

Kiepenheuer & Witsch

1. Auflage 2005

Umschlaggestaltung: Linn-Design, Köln
Autorenfoto: © Brigitte Friedrich
Gesetzt aus der Stempel Garamond
Satz: Pinkuin Satz und Datentechnik, Berlin
Druck: Druckerei C. H. Beck, Nördlingen
Bindung: Sigloch Buchbinderei, Blaufelden
ISBN 3-462-03609-2

There is no end, but addition: the trailing
Consequence of further days and hours,
While emotion takes to itself the emotionless
Years of living among the breakage
Of what was believed in as the most reliable –
And therefore the fittest for renunciation.

T. S. Eliot, Four Quartets

Dieser erste Blick. Unten der Fluß, der ruhig und grün dahinfließt, die Steinbrücke, auf deren Mauer er sitzt, ein Bein über das andere geschlagen, so schaut er zum anderen Ufer, ein paar Büsche und Weiden stehen dort, dahinter öffnen sich die Wiesen und Felder. Ein Tag im Juni, frühmorgens, noch mit der Frische der Nacht, der Himmel ist wolkenlos und wird wieder die trockene Hitze des gestrigen Tages bringen.

So, versunken in sich, sah ich ihn sitzen, als ich den Weg durch den Park des Kollegs hinunter zur Oker ging und zögerte, ob ich nicht umkehren sollte, dachte dann aber, er könnte mich schon bemerkt haben und vermuten, ich wolle ihm aus dem Weg gehen. Am Abend zuvor hatte ich auf ihn eingeredet, mit uns nach Hannover zu fahren. Dort, so hieß es, gebe es samstags Partys, in Villen, exzessiv werde da gefeiert, sogar das Wort Orgie war gefallen. Er war, trotz der phantastischen Erzählungen und obwohl er sonst oft nach Hannover fuhr, nicht mitgekommen.

Ein wenig überrascht, ja erschrocken blickte er hoch, als ich zu ihm trat. Ich erzählte ihm von dieser Nacht und dem Gelage bis in den Morgen und der Fahrt im Auto, das mich eben zurückgebracht hatte. Ich sagte ihm, er habe etwas versäumt, denn ich glaubte, mein Erlebnishunger müsse auch der seine sein. Noch lebten und lernten wir erst wenige Wochen zusammen in dem Kolleg.

Aufgefallen war er mir, als wir zum ersten Mal im Klassenraum zusammenkamen und unsere Plätze an den Tischen suchten. Lärmende Erwachsene, die nach Jahren der Berufstätigkeit wieder Schüler geworden waren. Sechzehn junge Männer und zwei Frauen. Er war, glaube ich, der Jüngste, zwanzig Jahre alt, sah aber noch jünger aus. Er hielt sich in den ersten Tagen ein wenig, doch jeden demonstrativen Gestus vermeidend, von den sich bildenden Gruppen fern. Aus diesem Insichgekehrten sprach nichts Verdrucktes, Zaghaftes, sondern etwas selbstverständlich Unabhängiges. Das weckte meine Neugier, und so suchte ich seine Nähe. In den folgenden Wochen hatten wir ein paarmal miteinander geredet, über die Städte, aus denen wir kamen, Hannover und Hamburg, über die Stadt Braunschweig, in der wir jetzt lebten, über unsere früheren Berufe, er hatte Dekorateur gelernt und ich Kürschner, vor allem aber hatten wir sehr bald über Bücher, die wir gerade lasen, gesprochen, er über den *Molloy* von Beckett, und er hatte mir einige Stellen vorgelesen, deren Wortwitz ihm besonders gefiel.

Unsere Freundschaft begann als Gespräch über Literatur. Aber bis zu diesem Morgen im Juni hatten wir noch nicht über unsere Wünsche, über unsere Pläne gesprochen. Und das ist eine der bildgenauen Erinnerungen: Neben ihm stehend und über die Oker blikkend, dehnte sich das Schweigen und gab dem Gefühl, ihn gestört zu haben, immer mehr Raum, und so fragte ich ihn, um überhaupt etwas zu sagen, was er denn da mache.

Nach einem kurzen Zögern zeigte er mir das kleine Notizbuch. Ich schreibe.

Und was?

Für mich.

Auch ich schrieb für mich.

So begann es, daß wir einander unser Geschriebenes zeigten und er mein erster Leser wurde.

Sechs Jahre später, Anfang Juni, 1967, in Paris, nachts, es war ungewöhnlich heiß, saß ich und schrieb, hörte Musik, klassische, aus dem Radio, leise, durch das weit geöffnete Fenster war das Rauschen des Verkehrs vom Périphérique zu hören, der hier unter der Maison de l'Allemagne in eine Unterführung mündete. Ich hatte in den letzten Wochen nur wenig geschlafen, meist bis in die Nacht hinein gearbeitet, wachte jeden Morgen früh auf von dem Lärm der Stadtautobahn und der Hitze, die sich in dem nach Südwesten gehenden Zimmer staute und auch nachts nicht wich. Ich schrieb an einer Arbeit, mit der ich in Philosophie promovieren wollte, über *Das Problem der Absurdität bei Camus.* So eingehüllt in die Geräusche der Nacht, kamen die Nachrichten, de Gaulles Waffenembargo für den Nahen Osten, das blieb im Gedächtnis, und dann die Meldung, am Vortag sei es in Berlin anläßlich des Schahbesuchs zu Ausschreitungen und schweren Unruhen gekommen, ein Student sei erschossen worden. Auch der Name fiel, aber ich war nicht sicher, ob ich richtig gehört hatte. Nach einem Anruf in Deutschland gab es keinen Zweifel mehr, er war es, der Freund. Ich war wie durch einen Schnitt getrennt von all meinen Formulierungen, Überlegungen, starrte auf die beschriebenen Seiten, auf meine Handschrift, und sie erschien mir plötzlich merkwürdig fremd. Ich ging hinunter, lief durch den Park, ging hinüber zum Boulevard Jourdan, vorbei an den noch dunklen Cafés und Restaurants, an den Platanen, deren helldunkel gefleckte Stämme im Licht der Straßenlaternen leuchteten, ich ging und versuchte meine Gedanken zu ordnen, indem ich mich auf das Gehen konzentrierte, auf die Bewegung, die Schritte bewußt setzte, im Kopf ein Gemenge von Bildern, Situationen, Sätzen – Erinnerungsfetzen, in denen er auftauchte, auch jetzt, wie er in einem Freibad auf einem Handtuch liegend liest, wie er in London etwas skizziert, wie er sitzt und zuhört, sein Lachen, seine Gesten und wahrscheinlich auch dieser Augenblick, als ich ihn an der Oker sitzen sah, als wir zum ersten Mal über unser Schreiben sprachen.

Nachdem ich einige Zeit durch die Straßen gelaufen war, ging ich zurück in mein Zimmer, setzte mich an den Schreibtisch, stapelte die handgeschriebenen Seiten des Kapitels, an dem ich arbeitete, aufeinander, schob sie zusammen und legte sie in das Regal. Ich wußte, in den nächsten Tagen würde ich daran nicht mehr weiterschreiben können.

Am Morgen darauf rief ich eine Freundin in Deutschland an und hörte von der Demonstration vor der Berliner Oper, in der das Schahpaar mit dem Bundespräsidenten und dem Berliner Bürgermeister Albertz gesessen hatte, sie erzählte von Wasserwerfern und einem Knüppeleinsatz der Polizei, zahlreiche Verletzte habe es gegeben, die Demonstranten seien auseinandergetrieben und verfolgt worden, dabei sei er in einem Hof von einem Polizisten in Zivil erschossen worden. All das erschien so fern, zu unwirklich, um es mit ihm in Verbindung zu bringen. Vier Jahre war es her, daß wir uns zuletzt gesehen hatten.

Einige Tage danach sah ich sein Foto in einer Zeitschrift, und dieses Wiedersehen war wie ein Schock. Er liegt am Boden, sofort erkennbar sein Gesicht, die Haare, die Hände, die langen, dünnen Arme und Beine. Er liegt auf dem Asphalt, bekleidet mit einer Khakihose, einem langärmeligen Hemd, der Arm ausgestreckt, die Hand entspannt geöffnet, die Augen geschlossen, als schliefe er. Neben ihm kniet eine junge Frau in einem schwarzen Kleid oder Umhang. Die Frau könnte eben aus der Oper gekommen sein, dachte ich, vielleicht eine Ärztin. Sie blickt nach oben, so als wolle sie etwas fragen oder eine Anweisung geben, und hält, eine zärtliche Geste, seinen Kopf im Nacken. Deutlich ist das Blut am Kopf und am Boden zu sehen. Es hätte in diesem Schwarzweiß eine Einstellung aus dem Film *Der Tod des Orpheus* von Cocteau sein können, das war mein erster Gedanke beim Betrachten des Fotos, diese Verwandlung. Es war einer seiner Lieblingsfilme. Ich saß in der Bibliothek über die Zeitschrift gebeugt und sah ihn, und in dem Moment wurde aus dem abstrakten Wissen um den Verlust eine körperlich spürbare Empfindung – ein Schmerz –, eine Empfindung, die jetzt, in diesem *Augenblick*, keine Empörung, keinen Haß, keine Wut kannte. All das kam erst danach, in den folgenden Tagen und Wochen, als ich versuchte, über ihn zu schreiben. Ich wollte mir, ich wollte allen verständlich machen, wen man getötet hatte. Wer uns für immer verloren war. Mehrere Anfänge, die ich jedesmal wieder verwarf, weil die Sprache formelhaft blieb und meine hilflose Wut ins Deklamatorische verwandelte.

Wäre er infolge einer Krankheit oder eines Unfalls gestorben, wäre Trauer um ihn möglich gewesen, so aber war sein Tod ein Skandal, der in Kommentaren, Erklärungen und Gegenerklärungen abgehandelt wurde, und ich selbst mußte bei jedem Bericht, bei jeder Diskussion, auch vor mir selbst, immer wieder dazu *Stellung nehmen*. Politische Erklärungen schoben sich vor jeden Versuch, sich seiner zu erinnern. Das Sensationelle seines Todes verhinderte in den ersten Wochen und Monaten ein einfühlsames Erinnern. Empörung verformte jede teilnehmende Annäherung durch Fragen nach den Umständen, nach dem Hergang, nach den Hintergründen. Ich fand keine Sprache für ihn, jeder Satz bekam einen aggressiven, abstrakt politischen Ton – einen Ton, der nie der seine gewesen war.

Danach verfolgte ich eine Zeitlang den Plan, über diese drei Menschen zu schreiben, über ihn, den Freund, über den Zivilfahnder Kurras, der den Fliehenden erschossen hatte, und über die unbekannte Frau auf dem Foto, die ich ausfindig zu machen suchte. Ich wollte etwas über die drei Menschen erfahren, die ein Zufall zusammengeführt hatte: einen Täter, ein Opfer, eine Helferin – und die auf eine nicht beabsichtigte, zufällige Weise *Geschichte gemacht hatten.* Eines von vielen Projekten, die sich in Notizen und Anmerkungen verstreuten und schließlich aufgegeben wurden. Es blieb aber der Vorsatz, mehr noch, die Verpflichtung, über ihn zu schreiben. Ein Erzählen, das nur gelingen konnte – und diese Einsicht mußte erst wachsen –, wenn ich auch über mich erzählte. Wenn es mir gelingen würde, den Horizont der Erinnerung abzuschreiten, der sich dabei zugleich weiter verschieben würde, nicht aufhören würde, Horizont zu sein, räumlich und zeitlich, mit den Erinnerungen an Erlebtes und Gedachtes, an Gebärden und Symbole, an Imagination und Abstraktion.

Es war eine ungetrübte, ganz auf das Lesen und das Schreiben ausgerichtete Freundschaft gewesen, so schien es mir, bis ich vor fünf Jahren, als ich in einem Jahrbuch des Braunschweig-Kollegs etwas über ihn geschrieben hatte, von seiner Witwe, Christa Ohnesorg, der ich nie begegnet bin und die damals in einer Klinik lag, einen Brief bekam, in dem sie mir schrieb, er habe mit mir nach unserem Abschied gehadert. Eine Nachricht, die mich verstörte und mit ein Grund war, über ihn, über uns zu schreiben.

Als wir uns 1963 nach zwei Jahren in Braunschweig getrennt hatten, er zum Studium nach Berlin, ich nach München ging, war ich davon überzeugt, eines Tages von ihm zu hören, zu lesen, Gedichte, Prosa oder Essays. Es war für mich eine Gewißheit, er werde einmal durch sein Schreiben von sich reden machen.

Nie war mir der Gedanke gekommen, von ihm in einem politischen Zusammenhang zu hören. Nun war er gerade zu *einem politischen Fall* geworden. Sein Tod wurde als Beweis für autoritäre und faschistische Tendenzen der Staatsmacht genommen. Ich las, er habe keiner politischen Gruppierung angehört. Er sei keiner der *Krawallbrüder* gewesen. Das verstärkte sein Bild als Opfer. Die Öffentlichkeit erfuhr: Er war verheiratet, seine Frau erwartete ein Kind, vor allem, er war Student und politisch nicht engagiert, das war geradezu die Voraussetzung, ihn zum *politischen Exempel* zu machen. Es war eine merkwürdige Verkehrung seiner Existenz.

Was und wie von ihm geschrieben wurde, war ein so grundsätzlich anderes als das, was er selbst geschrieben hatte, hatte schreiben wollen.

Schreiben zu wollen war für uns beide der Beweggrund gewesen, uns am Braunschweig-Kolleg zu bewerben. Das Schreiben und die Neugierde, ein Wissensdurst, alles schien verlockend, Geschichte, Sprachen, Chemie,

Physik, nach den Jahren, in denen er das Dekorieren, das *Schaufenstergestalten,* und ich das Anfertigen von Pelzmänteln, Stolen und Capes gelernt hatte. Erst jetzt, dieses schreibend, fällt mir auf, was doch offenbar ist, daß unsere erlernten Berufe aufeinander bezogen waren, beide hatten mit Ästhetik zu tun, einer sehr zweckgebundenen, der Herstellung und Ausstellung des schönen, wechselhaften Scheins, der Mode. Beide hatten wir uns von dieser Tätigkeit entfernt. Er hatte sich ein Jahr früher als ich am Braunschweig-Kolleg beworben, einer Begabtenförderung – man konnte in zwei Jahren ganztägigen Unterrichts das Abitur nachholen.

In einem Brief an den Direktor des Braunschweig-Kollegs, den er über seinen älteren Bruder kannte, der an dem Kolleg bereits sein Abitur gemacht hatte, bewarb er sich um die Aufnahme.

Hannover – 5. 11. 59

Sehr geehrter Herr Oberstudiendirektor Raßmann!

Wir sind vier Jungen. Meine Eltern konnten uns nur den Besuch der Mittelschule, nicht aber den der Oberschule ermöglichen. Der Beruf des Schaufenstergestalters, den ich nach Abschluß der Mittl. Reife ergriff, befriedigt mich nicht. Ich habe den Wunsch, Kunsterzieher zu werden; um dieses Ziel zu erreichen, ist der erste Schritt das Abitur.

Ich beschäftige mich hauptsächlich »bildend«: ich male, zeichne und mache Linolschnitte und Plastiken. Ich besuche die Ausstellungen der Kestner-Gesellschaft, des Kunstvereins und der Galerie Seide in Hannover.

Andere Interessengebiete sind Literatur und Musik. In der Literatur bevorzuge ich die moderne Lyrik (seit Baudelaire) und das Drama (Griechen, Shakespeare, Drama der Gegenwart). Ich höre literarische Vorträge und die Konzerte der Kammermusikgemeinde und der Reihe »Meister am Klavier«. Seit Januar 1959 lese ich die »Deutsche Zeitung für Kunst und Literatur: Panorama«.
Auf allen Gebieten der Kunst bemühe ich mich um das Verständnis für das gegenwärtige Schaffen.
Hochachtungsvoll
Benno Ohnesorg

Ein wenig erstaunt, aus heutiger Sicht, dieses bemühte Streben nach Bildung. Aber er wollte sich dem Direktor vorstellen, ihm ein Bild von sich geben, mit der Begründung, warum er das Abitur nachholen wollte. Und bildungsbeflissen kann das nur nennen, wer an die Bildung gleichsam naturwüchsig durch das Elternhaus herangeführt oder auch dazu gezwungen wurde. Wie eine Schranke lag – heute hat sich das ein wenig geändert – das Abitur vor jeder weiterführenden Ausbildung an Kunsthochschulen, Universitäten, Technischen Hochschulen.

Ich kann mich nicht erinnern, einen Brief an das Kolleg geschrieben zu haben, aber wahrscheinlich wäre er im Ton, in der Argumentation ähnlich gewesen, denn es ging ja darum, sich für das nicht einfache Vorhaben, in nur zwei Jahren den ganzen Bildungskanon nachzuholen, zu empfehlen. Wahrscheinlich hätte ich die

Kurse an der Volkshochschule angeführt: Philosophie, Literatur, Geschichte, den Besuch von Vorträgen in der Universität, Lateinkurse, Lektüre: Goethe, Kleist, Heine, E. T. A. Hoffmann und die Modernen: Thomas Mann, Brecht, Kafka, Faulkner, Dostojewski, Tolstoi, Besuche von Vorträgen in der Kunsthalle, selbst *bildend* galt für mich allerdings nicht. Aber diesen Satz hätte ich auch schreiben können: *Auf allen Gebieten der Kunst bemühe ich mich um das Verständnis für das gegenwärtige Schaffen.* Zu der Zeit waren wir beide eben neunzehn Jahre alt geworden. Als Studienwunsch hätte ich angegeben: Philosophie und Literaturwissenschaft. Und hätte ich den Mut gehabt, den ich nicht hatte, meinen Wunsch für eine spätere Tätigkeit zu nennen, wäre es nur dieser eine gewesen – Schreiben. Weil ich das schon seit Jahren tat – allein für mich.

Aus Frankreich hat der Freund ein Jahr später einen zweiten Brief an den Direktor geschrieben.
Bouche-du-Rhône
Arles im Oktober 1960
Sehr geehrter Herr Raßmann!
Im vergangenen Jahr habe ich in Braunschweig die Testprüfung abgelegt. Inzwischen bin ich 20 geworden und erfülle damit eine Bedingung für das Kolleg, hoffentlich nicht die einzige!
Ich beendete meine Lehre zu Ostern, arbeitete ein Vierteljahr und nahm an der Klassenfahrt meines Bruders nach England teil. Seit mehreren Wochen bin ich in Südfrankreich, wo ich in der Weinlese gearbeitet habe.

Ehrfürchtig stehe ich vor den antiken Baudenkmälern, ehrfürchtig auch und erschreckt vor der Zeit, die so unverschämt unser 20. Jahrhundert mit den alten Römern verbindet. In dieser vielseitigen Landschaft entdecke ich die glühenden Farben van Goghs, die Bewohner, die er malte, oder Gauguin oder Cézanne. Die Orte, die nicht von Touristen aufgestöbert werden, sind selten, doch man findet immer wieder Plätze, in deren Einsamkeit sogar große Werke entstehen können.

Bleibt noch die französische Sprache, sie zu erlernen, um den Zugang zur französischen Literatur zu erleichtern, wäre Grund genug, nach Frankreich zu kommen.

Ein Leben als Tramp ist keine Vergnügungsreise. Ich besitze nicht die pfadfinderische Offenherzigkeit, die sich blauäugig und lederhosig unter die Leute mengt, und des Abenteuerlichen, wenn jemand das suchte, würde er nur allzuschnell müde.

Was mich an meiner Fahrt lockte, wurde gefördert von einem wachsenden Unbehagen, das ich zu Hause verspürte. Trotz langer Arbeitszeit besuchte ich fast übertrieben oft Theater, Konzerte, Vorträge, wußte aber nicht, worüber ich mich mit meinen Eltern unterhalten sollte. Ich sah keine Möglichkeit und fand mich auch nicht in der Lage, dieses Aneinander-vorbei-Leben durch Rede und Gegenrede zu überbrücken. Das Gespräch, die Grundbeziehung zum Mitmenschen, existierte nicht. So zog ich aus, ein Mensch zu werden.

Für das hannoversche Kulturleben habe ich freilich keinen Ersatz, doch herausgerissen aus dieser Gewohnheit,

angewiesen auf wenige Bücher, kann man ihren Wert erst richtig ermessen.
Was ist ein Mensch? frage ich. Nicht fragwürdig ist sein Wert, aber an seiner Bestimmung, frei zu sein, frei von Eigenliebe und Geltungsdrang, so frei, daß »der Mensch dem Menschen ein Helfer« wird, kann man nur zu leicht resignieren. Beachtenswert, wer mit Ionescos Beringer ruft: Ich kapituliere nicht!, selbst wenn alle andern schon Nashörner sind.
Ist der Mensch nicht mehr als ein biologisches Phänomen? Die Kunst zeigt, daß er ständig neu geschaffen, immer vor neue Möglichkeiten gestellt wird. Und doch steht ihm nur sein Leib mit seinen unveränderten biochemischen Vorgängen zur Verfügung. Diese möchte ich erforschen.
Hirnphysiologie und Kunst, die mich am nachhaltigsten beeindruckt und geformt haben, sind die Gebiete, die ich studieren möchte.

Entschuldigen Sie, daß ich so viel geschrieben habe; ich habe die Gelegenheit, deutsch zu »sprechen«, etwas ausgenutzt.
Mit freundlichen Grüßen
Ihr Benno Ohnesorg

Bemüht und ziemlich kühn und selbstgewiß klingt das. Der Schreiber ist eben zwanzig geworden, und mich überrascht aus heutiger Sicht, wie weit er sich damals hinausgewagt hat, in einer doppelten Bedeutung, wie frei er von seinem Bildungsplan spricht, ohne sich bei einem möglichen Scheitern einen Rückzug offenzulassen, und dann das andere Hinauswagen – er war weit gereist. Reisen ins Ausland waren in der Zeit keineswegs selbstverständlich. Erstaunlich auch, wie er auf dieser Reise das sich selbst auferlegte Bildungsprogramm verfolgt hat. Es schloß vor allem auch dies ein, sich der fremden Sprache *auszusetzen*, ein Jahr in Frankreich zu leben, zu malen, zu lesen und sich mit Gelegenheitsarbeiten den Lebensunterhalt zu verdienen, in viele Schichten der Gesellschaft einzudringen, auch sprachlich.

Ich hatte das Kürschnergeschäft vom 1958 verstorbenen Vater übernommen und leitete es, bis es *entschuldet* war, bis zum 30. April 1961. Das war der Tag, an dem ich mit zwei Koffern und einem Karton Geschirr nach Braunschweig fuhr, in meinem Auto, einem VW-Kabriolett, das ich schon verkauft hatte. Ein letztes Mal fuhr ich den Wagen, und ein Freund, der mich begleitete, würde ihn nach Hamburg zurückfahren.

Warum dieser Umweg? Warum hatten diese Jungen nicht den gewöhnlichen Weg, der von der Schule zum Gymnasium bis zur Hochschulreife und dann zum Studium führt, genommen? Warum war der eine auf der Mittelschule, der andere, ich, auf der Volksschule geblieben?

Sein älterer Bruder Willibald erzählt, als die Mutter starb, der Vater mit den drei Söhnen zurückblieb, fehlte es nicht nur an Geld, sondern auch an Zeit für die Kinder. Später heiratete der Vater nochmals, und aus dieser Ehe stammt noch ein weiterer Sohn, der wesentlich jüngere Halbbruder der drei anderen. Die älteren Kinder sollten möglichst schnell mit der Schule fertig werden, damit sie Geld verdienen konnten. Danach würde man weitersehen. Vor allem dieses: Ein Beruf ist wichtig. Tatsächlich haben die drei älteren Brüder ihre Hochschulreife nachgeholt und studiert, der Älteste Mathematik und Physik, er wurde Lehrer, der Jüngere Theologie, er wurde Pastor. Und er, der Mittlere, hatte, bis zu seinem Tod, Romanistik und Germanistik studiert.

Und der andere Junge, der ich einmal war? Er war auf der Volksschule zurückgeblieben, nicht allein, weil seine Leistungen in Mathematik und Deutsch *zu wünschen übrigließen*, wie es hieß. Der Vater hatte bestimmt, er solle auf der Volksschule bleiben. Vielleicht, weil er ihm ein Probejahr ersparen wollte, denn für einen sofortigen Wechsel war seine Deutschnote zu schlecht. Der Junge zeigte einen störrischen Widerwillen beim Erlernen der Orthographie. Warum schrieb sich der Schwan, der doch zwei Flügel hatte, nur mit einem a. Ein Stutzen, Überraschtsein. Und doch schrieb er inbrünstige Aufsätze, ausufernd und in *seiner* Rechtschreibung. Vielleicht hatte der Vater ihn darum nicht für den Übergang zum Gymnasium angemeldet, vielleicht wollte er, der so viel auf Ehre hielt, ihn vor der Schmach einer Rückversetzung schützen. Gewiß aber war diese Überlegung des Vaters: Die Nachfolge für das Geschäft mußte gesichert werden. Das Kürschnergeschäft, das der Vater aufgebaut hatte und das ihm die so hochbewertete *Selbständigkeit* gewährte. Der Junge sollte das Geschäft später nicht nur übernehmen und weiterführen, sondern ausbauen und möglichst zum größten in Hamburg machen.

Jahre später, als der Achtzehnjährige das Geschäft nach dem Tod des Vaters übernahm, war die Selbständigkeit nur noch eine von den Banken geborgte.

Das Gymnasium lag nicht weit von der elterlichen Wohnung entfernt, ein großer Backsteinbau aus den zwanziger Jahren. Aus Furcht, einem der früheren Freunde zu begegnen, die nach dem Schulwechsel von der Grundschule auf das Gymnasium gegangen waren und immer seltener und schließlich nicht mehr zu ihm zum Spielen nach Hause kamen, wählte der Junge komplizierte Umwege, wenn er zum Handballtraining in die hinter dem Gymnasium gelegene Turnhalle ging. Er wollte keine gutgemeinten Ratschläge hören, vor allem wollte er kein Mitleid. Der Stolz setzt ja die eigene Verantwortung voraus, die Entschiedenheit, alles Versagen, aber auch alles Gelingen in sich selbst zu suchen.

Der Erinnerungsraum, der die Schulzeit umfaßt, ist voller Düsternis.

Das Kind hatte Angst vor körperlicher Gewalt, raufte nicht gern, ging jeder körperlichen Auseinandersetzung aus dem Weg, wurde gerade dadurch das Opfer des Schlägers in der Klasse, Bodo A., ein kleiner, aber kräftiger Schüler, stärker als alle anderen und etwas älter. Er wartete auf dem Nachhauseweg, und ein Weglaufen war hoffnungslos, denn Bodo A. hatte seine Handlanger, zwei eher schmächtige schadenfrohe Kinder aus der Klasse, die sich seinen Prügeln entzogen, indem sie ihm den Ranzen trugen.

Auch wenn ich Umwege auf dem Nachhauseweg machte, lange, verwinkelte, kam er mir unerwartet wie in einem Schreckenstraum an einer fernen Straßenekke entgegen. Um ihm zu entgehen, wünschte sich das Kind sehnlichst, erwachsen zu sein. Bis zu dem Tag, als in der Schule die Weihnachtsgeschichte aufgeführt wurde und das Kind, ich, den Engel der Verkündigung spielte, eingehüllt in ein Bettlaken. Unten in der Aula saß Bodo A., der keine Rolle bekommen hatte, wie gebannt saß er da, erzählte später meine Mutter – und da ich in seine Richtung den Menschen ein Wohlgefallen und Frieden auf Erden verkündete, muß er sein Damaskuserlebnis gehabt haben, prügelte mich von da an nicht mehr, sondern schützte mich vor anderen Schlägern. Blieb er sitzen? Ich weiß es nicht, jedenfalls verschwand er aus der Klasse und von der Schule.

Mehr als fünfzig Jahre später sah ich ihn in einer Hamburger Zeitung abgebildet – ein pensionierter Kriminalkommissar, der für eine rechte Partei als Abgeordneter in die Bürgerschaft eingezogen war.

Der Versuch, sich die Angst wie den Schmerz abzutrainieren. Schmerzproben. Laufen bis zum Schwindeligwerden, sich in die Wange stechen.

Im zweiten Lehrjahr kam ich eines Abends spät aus der Firma. Es mußte ständig etwas nachgearbeitet oder vorbereitet werden, so daß der festgeschriebene Achtstundentag tatsächlich ein Neunstundentag und in der Saison sogar ein Zehnstundentag war. Ich traf einen – meinen ehemals besten – Freund, der zum Gymnasium gewechselt war, wieder, er trug einen kleinen schwarzen Koffer. Ein Kornett.

Der ehemalige Freund war auf dem Weg in einen Jazzkeller, wo er in einer Schülercombo spielte.

Ich ging nach Hause, legte die Schallplatte von Sidney Bechet auf und hörte mich, der nicht ich und doch auch ich war, Klarinette spielen, versunken und zugleich doch ganz außer mir, spielte ich ein langes wunderbares Solo.

Ähnlich waren meine Versuche zu schreiben, ein Schreiben, das mich in mich hinein- und zugleich aus mir herausführte.

Wo hast du bloß deine Gedanken, wurde ich vom Werkmeister gefragt.

Der Junge, der ich einmal war, wurde erwachsen, kaum sind mir Einzelheiten dieses Übergangs in Erinnerung geblieben. Ein Staunen über die ersten Haare am Geschlecht. Flaum am Kinn. Das Betrachten eines Zeitschriftenfotos, das die nackte Hildegard Knef in *Die Sünderin* zeigte. Die beunruhigende Nähe einer Frau in der Straßenbahn, im Bus, im Sommer, der Rock, Parfumduft, ähnlich dem heutigen *Tempore*, erregend, die Hüften, das kurze zufälligzarte Streifen des Busens beim Aussteigen. Der Lehrling vergaß die einfachsten Aufträge. Die Eindrücke waren wie in Watte verpackt. Die Erinnerung: Schatten hinter Milchglasfenstern. Ich sollte einen Mantel in einer etwas entfernten Werkstatt abholen, kam dort an und wußte nicht mehr, was ich holen sollte. Ich stolperte oft. Auf den Fotos sehe ich aus, als sei ich eben geweckt worden. Was nicht so falsch war, denn ich war woanders, schreckte auf, wenn man mich ansprach, wie auf dieser Fotografie, als man mir gesagt hatte, ich solle die Hände aus den Taschen nehmen. Ich war eben fünfzehn geworden. Ich hörte vom Hafen das Dröhnen der Niethämmer, die Schiffssirenen, wenn sich unten – die Werkstatt lag im fünften Stock – der Nebel in der Straße drängte.

Von den drei Lehrjahren waren zwei Monate die glücklichen. In dieser Zeit war ich mit mir allein und mußte nicht auf Akkord arbeiten. Der Ausbildungsvertrag verbot zwar Akkord für Lehrlinge, dennoch mußten sie, wenn sie einem Gesellen zuarbeiteten, ihre Arbeitszeit abstempeln, die Zeit wurde dem Gesellen abgezogen, also vom Lohn. Zeit war – und das nicht nur sprichwörtlich – Geld. Das Sortieren von Persianerstücken hingegen war fast zeitlos.

Die Fellstücke waren bei der Herstellung der Mäntel abgefallen und in Säcken gesammelt worden. Sie wurden nach der Form der Locke und nach ihrem Glanz in verschiedene Kästen sortiert, aus denen sie später entnommen, in Bahnen zusammengenäht und zu minderwertigen Mänteln verarbeitet wurden. Eine Arbeit, die keine Konzentration erforderte, eher jene Langeweile erzeugte, von der Walter Benjamin sagt, sie sei der Traumvogel, der das Ei der Erfahrung ausbrütet. So konnte ich in diesem ruhigen Tun meinen Tagträumen nachhängen.

Der Raum lag von der Werkstatt ausgegliedert in einem Bürogebäude. Die beiden Fenster führten auf einen Innenhof. Gegenüber, keine sechzig Meter entfernt, lagen die Büros einer Versicherungsgesellschaft. Dort saßen die Angestellten an den Schreibtischen, Männer und Frauen, telefonierten, schrieben, redeten, gut ausgeleuchtet von den Neonröhren und Schreibtischlampen, die, jetzt im November schon am frühen Nachmittag, wenn die Dunkelheit sich im Innenhof sammelte, angeschaltet waren. Am Abend, gegen sechs, verlöschten fast alle Lichter wie auf Kommando. Nur in dem einen oder anderen Büro blieb es noch ein wenig länger hell. Einmal standen in einem Büro zwei Männer einander gegenüber, redeten, gestikulierten, unbeherrscht, als könnte jeden Moment der eine den anderen schlagen. Ein andermal saß eine Frau am Schreibtisch, drehte die Lampe zu sich, auf ihr Gesicht gerichtet, zog die Lippen vor dem Taschenspiegel nach, spitzte prüfend den Mund, steckte den Spiegel in die Handtasche, stand auf, schob den Rock hoch und strapste die Seidenstrümpfe fest. Sie nahm die Handtasche, ging zur Tür und löschte das Licht.

Wie verheißungsvoll die plötzliche Dunkelheit war.

Ich hing meinen Gedanken nach, suchte Worte, Worte, die das ausdrücken sollten, was noch eine sprachlose Empfindung war.

In einem Kaufhaus der Innenstadt hatte der Freund seine Lehre als *Schaufenstergestalter* begonnen. Der leitende Dekorateur war ihm gewogen und, nach einem vorsichtigen Annäherungsversuch, ein um Freundschaft bemühter Mann, und so beschrieb er diesen Mann, den ich nie gesehen, von dem ich aber dennoch eine bildhafte Vorstellung habe: Er trug schwarze Hosen, schwarze Jacken, sogar, wenn es sein mußte, einen schwarzen Kittel. Jemand, der alles Überflüssige haßte, der sich über Schleifen an den Kleidungsstücken erregen konnte, die er doch nur dekorieren sollte. Er muß jedesmal wieder mit den Abteilungsleitern darum gekämpft haben, welche Kleider ins Schaufenster gelegt werden sollten, einfach sollte es sein, schnörkellos, knapp. Der Junge, stelle ich mir vor, stand daneben und hörte zu. Die Arbeit hinter den verhängten Schaufenstern. Der Chefdekorateur, der einen Tobsuchtsanfall bekam und einen Spiegel zerschmiß, weil er wieder einmal zuviel Plunder ins Fenster legen sollte, irgendwelche Harken, Strohbündel, alte Sensen, Butterfässer, und das nur, weil der Direktor ein Landhaus gekauft und sich eingerichtet hatte, alte Wagenräder als Partytische, auf denen Gläser abgestellt und die zugleich gedreht werden konnten, Häckselmaschinen aus dem letzten Jahrhundert als Weinlager, die Wände holzverkleidet und mit Lötlampen abgeflammt, um die Maserung geschwärzt hervorzuheben, Chiantiflaschen, in denen Kerzen steckten, bauchig, an den geflochtenen Körben das heruntergeronnene Wachs. Eine Einrichtung, die ich vor Augen habe, wie selbst gesehen, und doch war sie nur von ihm beschrieben, der einmal eingeladen war bei diesem Direktor, mit den anderen Dekorateuren, und als sie dann auf dem Heimweg waren, brüllte der Chefdekorateur, nie, nie werde er diese Rindereinfalt in die Schaufenster bringen. Aber dann bestand der Direktor darauf, wollte den Hannoveranern das lustige Landleben in die Schaufenster holen.

Die Stechuhr ein Schreckenstraum: Zeit war verschwunden, ich hatte vergessen, meine Arbeitskarte abzustempeln, und nun ballte sich Zeit auf der Karte für ein einzelnes Arbeitsstück, das diese Zeit nicht haben durfte, weil damit ein anderer, der an dem Stück gearbeitet hatte, belastet wurde, was ihm vom Lohn abgezogen wurde. Zeit war etwas Kompaktes, bedrohlich Bedrängendes. Die Zeitnot war ein körperlich spürbarer Druck.

In einer Mittagspause unterhielten sich die Gesellen über ihre Zukunftspläne: Meister werden, Geschäft eröffnen, ins Ausland gehen. Ich war im ersten Lehrjahr und wurde gönnerhaft gefragt, was ich später einmal machen wolle. Die spontane und aufrichtige Antwort war: Bücher schreiben. Die Gesellen wollten sich ausschütten vor Lachen. Dieser Junge mit der Volksschulbildung, der jeden Auftrag vergaß, der durch den Tag stolperte oder wie narkotisiert herumstand, der wollte Bücher schreiben, das war zu komisch.

Nur ein Meister hatte sich dem Gelächter verweigert, nahm den Jungen an seine Seite und sollte von da an sein Meister werden, nicht nur im Handwerklichen, sondern auch in der Ermutigung, diesen für die anderen so absonderlichen Weg zu gehen, sich einzuüben und Wissen zu sammeln, er, der einmal Italienisch gelernt hatte, um die *Divina Commedia* im Original zu lesen, ermutigte mich, weiter in das Feld der Literatur einzudringen. Walter Kruse war ein Meister in seinem Handwerk, der wie keiner sonst die so kompliziert *ineinanderzuschneidenden* Ozelotfelle zu Mänteln verarbeiten konnte und mit einer geheimnisvollen, wie von den Alchimisten überkommenen Tinktur den Nutriamänteln einen Glanz wie Gold, ja, wie flüssiges Gold geben konnte. Ein Meister auch im politischen Kampf, im unbeirrbaren Widerspruch zum Besitzer, wenn der wieder und wieder versuchte, Stückzeiten und damit den Lohn zu kürzen. Das war der Grund, warum er, fachlich der erste unter den Kürschnern, nie hatte Werkmeister werden können. Und er war ein Meister der Freundschaft, auch gegenüber diesem Jungen, dem er Bücher schenkte oder lieh. Mit dem zusammen er den Schrebergarten umgrub, Unkraut zupfte, Pflaumen pflückte und danach im dunkelfeuchten Oktobernachmittag unter dem Vordach der Holzhütte saß, die Thermosflasche mit Kaffee auf dem Gartentisch, und von den Auswanderern erzählte. Hier, auf der Veddel, war Anfang des 19. Jahrhunderts von der Hapag Reederei eine kleine Stadt aus Holz gebaut worden, mit Kirche, Synagoge, Krankenbaracken und Häusern, in denen die Auswanderer, die aus dem Osten kamen, wohnten, bis sie eingeschifft wurden in Richtung Neue Welt. Und hier hatte er mir auch die Zusammensetzung der geheimnisvollen Essenz verraten, die den Nutria- und Bibermänteln ihren goldenen Glanz gab, und das Versprechen abgenommen, das alchimistische Geheimnis nur an denjenigen weiterzugeben, der seiner würdig sei.

Auch seinetwegen, denke ich heute, habe ich die Gesellenprüfung mit Auszeichnung bestanden. Und wegen einer Eigenschaft, die schon das Kind begleitete, die ich mir nicht abtrotzen mußte, der Eigenschaft, alles Wackelnde, unfreiwillig Schiefe und Krumme als derart störend zu empfinden, daß keine Anstrengung zu groß erschien, dem Gemachten, auch wenn es von einem anderen hergestellt worden war, die erforderliche Genauigkeit zu geben, das, was im Handwerk *Fummelarbeit* genannt wird, die immer wieder neu umzustellende Zuordnung der Felle nach Ähnlichkeit in Haarlänge und Farbe, das Wiederauftrennen von Maschinennähten oder von Fellstreifen, wenn die Farbe oder die Rauche nicht stimmig war, das Neu- und Umarbeiten, ein Vorgang, der mit der

Arbeit beim Schreiben vergleichbar ist – das Neu- und Umschreiben.

So waren die Mäntel, die ich im letzten Lehrjahr herstellte, die teuren Nutria- und Nerzmäntel, Silverblue, Topas, wie die Farbbestimmungen hießen, perfekt, und wer sie sah und trug, war zufrieden und überrascht von dem Glanz, der sich wie flüssiges Gold über den Körper ergoß.

Einen Nachfolger, dem ich das mir von Walter Kruse anvertraute Geheimnis hätte weitergeben können, mußte ich nicht suchen, denn die Arbeit, die Kunst der Kürschner, ist so gut wie ausgestorben. Was heute noch hin und wieder an Pelzmänteln zu sehen ist, hat nichts mehr mit dem Können des Meisters zu tun.

Sie hatten die Fenster zugehängt, und es begann die Arbeit mit den Puppen. Puppen, die keine Individualität hatten und keine Emotionen zeigten, anders als später die sogenannten *He-Man-Puppen*, die grinsend und mit offenen Mündern den Passanten etwas zuzurufen schienen. Diese hier buhlten geradezu um eine allgemeine Ähnlichkeit mit Menschen, so daß, wie der Chefdekorateur sagte, die Kunst darin bestehe, die Mäntel, die Röcke, die Anzüge den Puppen derart überzuziehen, daß diese gleichsam verschwanden, durch das Hervorheben der ausgestellten Details, der Handtasche, des Pelzbesatzes der Jacke, der Lederhandschuhe, ihre Auffälligkeit einbüßten. Am besten keine Puppen, nichts, was den Blick ablenkt, nur ein Detail, sagte der Chefdekorateur. Je weniger, desto besser hervorgehoben. *Lockspeisen*. Das ließ sich jedoch bei den Abteilungsleitern nicht durchsetzen, die wollten möglichst alle Waren präsentiert sehen.

Das Theaterhafte, wenn das Schaufenster mit dem Tuch zugehängt war und nur die Köpfe der Puppen zu sehen waren; wenn man sich, erzählte er, zu ihnen stellte und jemandem, der im Vorbeigehen hereinblickte, mit einer heftigen Bewegung eine Grimasse schnitt, war der Schreck des Passanten jedesmal groß.

Vier Stockwerke über dem Ladengeschäft lag die Werkstatt. Hier standen an dem langen, über eine ganze Fensterreihe führenden Werktisch zehn Kürschnerinnen und Kürschner und berechneten Schnittmuster, schnitten Felle zurecht und erzählten ihre Geschichten von unglücklicher Liebe, von Haß, von Abtreibungen, Schwarzarbeiten, Geschichten aus der Zeit nach der *Machtergreifung*, von dem Widerstand in den ersten Jahren der Nazizeit, von der mit einer Handkurbel betriebenen Maschine, auf der sie in einer Schrebergartenhütte Flugblätter druckten, bis einer aus der Gruppe verhaftet wurde, Geschichten aus dem Krieg, von der Kapitulation, der Schwarzmarktzeit, es war alles noch nah, keine zehn Jahre vergangen, Geschichten, in denen es um Mut, List, Verrat und Feigheit ging, kleine wunderbare Epen, kunstvoll gebaut, da oft und immer wieder erzählt. Auch darin war er, Walter Kruse, ein Meister. Und es gab die ganz gewöhnlichen kleinen Geschichten, die meist am Montag erzählt wurden. Das Wochenende, darauf richteten sich die Wünsche,

Sehnsüchte während der Arbeitszeit, der Samstag, auf den besonders, denn der Sonntag war der Tag vor dem nächsten Arbeitstag, am Samstag sollte alles nur Wünschbare verwirklicht werden, aber dann gab es doch nur wieder das Gewohnte: Ärger, Streit, Kränkungen und vor allem dies – Langeweile.

Hin und wieder wurden Pelzmäntel zur Reparatur gebracht, die ihre eigene Geschichte hatten. Das Pelzgeschäft galt als das erste unter den Kürschnereien. In der Nazizeit ließen viele Frauen hoher Parteifunktionäre hier arbeiten. Dem Lehrling wurde einmal der Persianermantel der Frau des in Nürnberg hingerichteten Außenministers v. Ribbentrop zur Ausbesserung gegeben. Der Meister hatte in den dreißiger Jahren diesen Persianermantel angefertigt und erzählte, daß er auf dem Rückenteil des Mantels eine Lockenbildung in Form eines Sowjetsterns belassen habe. Ich konnte in der abgewetzten, mildhaarigen Stelle keinen Stern mehr erkennen. Aber der Meister behauptete, als der Mantel neu war, als die Locke noch glatt war, habe diese Persianerlocke, wenn man genau hingesehen hätte, wie ein Sowjetstern geglänzt. Die Stelle war derart berieben, daß sie herausgeschnitten und durch ein neues Stück Fell ersetzt werden mußte. Nachdem das Futter des Mantels aufgetrennt worden war, sah ich, das Stück war schon einmal eingesetzt worden, keineswegs natürlich gewachsen.

Es war kein großer Widerstandsakt, aber ein kurioses Detail, daß die Frau des großkotzigen Nazi-Außenministers mit dem Sowjetstern auf dem Rücken herumlief, vielleicht hatte diese Locke tatsächlich einmal so sternenhaft geglänzt, daß sie einem scharfen Beobachter aufgefallen sein muß. Vielleicht konnte man sich gegenseitig darauf aufmerksam machen. Vielleicht – oder wahrscheinlich – reichte es aber auch schon aus, daß man in der Werkstatt glaubte, das sei möglich.

Diese Vorstellung: Frau v. Ribbentrop kommt zur Anprobe, der Meister wird aus der Werkstatt heruntergerufen, er prüft nochmals den Sitz des Mantels, sagt, würden Sie sich bitte einmal umdrehen, und dann sein Blick auf den Rücken, und er sagt: Paßt genau.

Geschichten von Geschichten, also auch vom Hörensagen.

Je selbstvergessener der Lauschende, desto tiefer prägt sich ihm das Gehörte ein. Wo ihn der Rhythmus der Arbeit ergriffen hat, da lauscht er den Geschichten auf solche Weise, daß ihm die Gabe, sie zu erzählen, von selber zufällt. So also ist das Netz beschaffen, in das die Gabe zu erzählen gebettet ist.

Das schreibt Walter Benjamin in seinem Aufsatz *Der Erzähler*, in dem er die Gabe des Erzählens mit der des handwerklichen Tuns verbindet. Tatsächlich lernte ich ein Handwerk, das einmal zu den sieben großen Zünften in Florenz zählte und in dem noch immer mit denselben Werkzeugen wie in den Jahrhunderten zuvor gearbeitet wurde, in dem es keine industriell rationalisierten Arbeitsgänge gab, weil jedes zu verarbeitende Fell in Form, Farbe, Haardichte und Haarlänge verschieden und jeweils besonders zu verarbeiten war.

Ein Geselle, der mich, den Lehrling, ich war eben siebzehn geworden und im dritten Lehrjahr, ins Vertrauen gezogen hatte, hieß Stapelfeld. Ein Mann, der, war er aufgeregt, ein Geräusch von sich gab, als spucke er Wasser aus. Und tatsächlich war er, der als Leutnant der Marine in Norwegen gedient hatte, einmal, nachdem das Schiff, ein Munitionstransporter, torpediert worden war, von der Brücke ins Wasser gesprungen. Das Schiff, mit Munition beladen, ging in wenigen Minuten unter. Hätte ihn nicht das in der Nähe fahrende Torpedoboot sofort aufgenommen, wäre er in dem kalten Wasser an Unterkühlung gestorben, wie die anderen von seiner Brückenwache. Geblieben war ihm von diesem Schock das reflexartige Ausspucken von Wasser. Dieser Kürschner erzählte eines Morgens mit diesem merkwürdigen gutturalen Geräusch, wie er mit einer der jungen Näherinnen am Wochenende zum Tanzen gegangen und danach mit ihr zu sich nach Hause gefahren war. Er erzählte in allen Einzelheiten von dieser Frau, die, wenn ich sie sah, mein Herz – ja, ich spürte es – klopfen ließ, das sonst in seiner dunklen Höhle unbemerkt seinen Dienst tat. Einmal, als ich an der Straßenbahnhaltestelle wartete, stellte sie sich neben mich, lächelte mich freundlich an und fragte etwas, ich weiß nicht mehr, was, nur dies, es war eine Frage, die ich mit einem hilflos kurzen Satz beantwortete, dann in ein Schweigen verfiel, ganz stumm von diesem Aufgewühltsein, die Beine waren mir weich geworden. Bis endlich die Bahn kam und ich einsteigen konnte, wie auf der Flucht einstieg, und doch verzweifelt damit beschäftigt war, einen Vorwand zu finden, um wieder auszusteigen, dann aber doch blieb und während der Fahrt nach Hause die einzig richtige, ein Gespräch öffnende Antwort suchte, schlagfertig, witzig, kühl.

Meine Sprachlosigkeit war gleich doppelt, nicht zu wissen, was in dem Moment zu sagen war, und nicht zu wissen, wie dieses Gefühl, aus dem das Nichtsagenkönnen entsprang, zu beschreiben gewesen wäre. Das Staunen, das Überraschtsein, das Bild, hier und jetzt, das aber sogleich auf Zukunft projiziert ist, Erfüllung verspricht.

Einmal hat er mehrere große für den Dekorationshintergrund gedachte Spanplatten in einem hellen Grau anstreichen sollen. Eine Arbeit von zwei, höchstens drei Tagen, hatte der Chefdekorateur gesagt. Ich stelle mir vor: Wie er in dem Kaufhaus, das im Zentrum von Hannover lag, in einem Raum im obersten Stockwerk arbeitete und zunächst Weiß auf die Fläche auftrug und dabei beobachtete, wie sehr Weiß nicht Weiß ist, wie, als er beim Streichen war, Licht kam und verschwand, wie am Himmel die Wolken zogen. Wenn aus dem dunklen Grau der Wolken ein helleres Grau wurde, um dann plötzlich dieses strahlende Weiß zu werden, ein Weiß, das er bei aller Mühe nicht vergleichbar malen konnte. Längst ging es nicht mehr darum zu grundieren, sondern dieses Grau zu finden, das etwas Räumliches, Bewegliches hatte. Der Chefdekorateur war nach zwei Tagen gekommen und überrascht, daß er nur eine dieser Platten fertiggestrichen hatte. Aber was für ein Grau war das, ein fein abgeschattetes Grau, ein Schatten des Weiß, genau, er hatte den Weißschatten gemalt. Der Chefdekorateur wollte nicht glauben, daß er das allein mit Plakafarben erreicht hatte. Nahm dann die Platte mit nach Hause, um sie sich dort an die Wand zu hängen. Die restlichen Spanplatten ließ er von zwei anderen Lehrlingen an einem Tag grau anstreichen.

Grau, nicht Rot sollte die Farbe der Liebe sein, erst in diesen feinen Abtönungen scheint auf, was wir im Inneren abtasten. Nicht in diesem triumphierenden Rot. Die Körnung der Sprache, nicht im Wort, im einzelnen, erst durch die Stimme, durch Wortfolgen, also dort, wo uns Rhythmus, Melodie anrührt, auch im Lesen. Wie ist das in Zeichen auszudrücken, was sich dem Zeichenhaften entzieht, das Überwältigtsein? Drei Zeichen, die das andeuten: das O, der Gedankenstrich und die drei Auslassungspunkte, Zeichen für das, wohin die zeichenhafte Sprache nicht reicht und damit in den Bereich einer mimetischen Profilierung kommt, Stellen wie diese in *Die Leiden des jungen Werthers*: *Vielmehr – Ein andermal davon ..., sagte ich und griff nach meinem Hute. O mir war das Herz so voll – ...*

Es waren solche Sätze, die wir besprachen.

Ein Kunstwerk aus Nur-Gefühl ist ein Unding. Es bedeutet, daß Gefühl unmittelbar ausgedrückt wird. Wird ein Gefühl unmittelbar zu einem Ding, so bleiben wir im Bereich der Natur. Ein Schmerz ergießt sich dann nicht in einem klagenden Wortschall (welcher an der Wirklichkeit des Schmerzes zweifeln läßt), sondern wird laut im Schrei.

Ein Satz aus seinen Überlegungen, wie Gefühl und Literatur zusammenhängen, veröffentlicht in *teils-teils*, einer Zeitschrift, die wir 1962 im Selbstverlag gegründet hatten. Es war eine schreibende Selbstprüfung gewesen, bei ihm wie bei mir. Das Lustvolle für mich war das Zerstören, das Auflösen, das Neu- und Umschreiben. Wortlandschaften, die sich wie durch kleine tektonische Stöße verwandelten, Verwerfungen und Brüche zeigten.

Er veränderte nur wenig. Er mochte sich nicht trennen von dem, was er geschrieben hatte, denn er hatte es nur zögernd und nach vielen und langen Überlegungen zu Papier gebracht. Er schrieb mit der Hand, eine klare, lesbare Schrift, der man ansieht, daß er daran gearbeitet, sie ästhetisch gestaltet hat, so wie er die Umlautzeichen auf die Vokale setzt, den Abstand der Wörter gleichmäßig einhält. Allein schon auf diese Schrift freute ich mich, wenn er mir ein Gedicht zum Lesen gab.

An eine Diskussion über eines seiner Gedichte kann ich mich recht genau erinnern. An einem Wort entzündete sich diese Diskussion, ein Wort, das nach meinem

Empfinden etwas unfreiwillig Komisches in dem sonst ernsthaften Text hatte. Die Zeile lautete: *Im Ei verborgen Wälder von Ich.* So sehr mir diese *Wälder von Ich* gefielen, so unpassend fand ich in diesem Bild das *Ei.* Eine lange Diskussion über die Unschuld der Wörter, über deren subjektiven Verständnishorizont begann. Für ihn war Ei ein ernstes, bedeutungsvolles Wort, für mich haftete ihm etwas Komisches an, allein die Form des realen Gegenstands, das Ei, und der Genitiv, der aus Ei Eis macht. Das Geeiere. Der Eierkopf. Das Ei des Kolumbus. Und dann die Wortblödeleien –: das zweischneidige Ei.

So ruhig, ja sanft er schien, so hartnäckig war er, wenn er von etwas überzeugt war. Er veränderte die Zeile nicht. Auf Grund dieser langen Diskussion ist es die einzige Zeile, die mir von seinen Gedichten im Gedächtnis blieb. Gleichsam als Ergänzung und um mir vor Augen zu führen, was er meinte, malte er ein Bild, ein Bild, das heute im Zimmer seines Sohnes hängt. Ein Embryo in einem eigentümlich vegetativen Geschlinge.

Er hielt sich vom geselligen Treiben fern. Er konnte sich absondern, ohne dabei als Sonderling zu gelten. Wie an dem Samstag im Juni, als wir nach Hannover fuhren, er, trotz meines Zuredens, im Kolleg blieb.

Wir waren zu dritt gefahren, drei junge Männer aus dem Kolleg, eingeladen von dem Freund des einen, der erzählt hatte, man könne von einer Party zur anderen gehen, die meist in Villen stattfanden, deren Besitzer über das Wochenende nach Sylt oder Paris gefahren waren und deren Kinder nun mit oder ohne Erlaubnis feierten.

In dem ersten Haus, zu dem wir kamen, saßen ein paar Jugendliche in Klubsesseln, rauchten, tranken und langweilten sich. Die Mädchen hielten die Zigaretten wie Bleistifte zwischen den Fingern, und die Jungs versuchten, beim Trinken teilnahmslos zu wirken. Wir tranken einen Cuba libre, der damals gerade aufgekommen war, und zogen weiter. Im nächsten Haus war die Musik, das Lachen, Kreischen schon auf der Straße zu hören. In dem großen Wohnraum saßen Mädchen und Jungen in einem Kreis auf dem Boden. Eine Sektflasche wurde gedreht, und als sie zum Stillstand kam und der Flaschenhals auf einen Jungen zeigte, zog der unter allgemeinem Gejohle das Hemd aus. Ein Mädchen saß etwas abseits und kotzte seitwärts auf den kostbaren Perserteppich, jemand hatte mit einem Filzstift auf die weiße Wand ein übergroßes *Killroy was here* gemalt, dazu eine gewaltige bis auf den Boden reichende Nase. Ich saß mit einem betrunkenen Schüler zusammen, der mir erklärte, was alles an Henry Millers *Wendekreis des Steinbocks* völlig mißlungen war. Im Hintergrund auf einem weißen Ledersofa knutschte ein Mädchen mit zwei Jungen, ein Knäuel von Beinen und Armen. Einige der Pfänderspieler gingen auf die Zimmer, andere lagen jetzt auf dem Teppich, ein Knie ragte hinter einer Blumenbank hervor. Gegen Morgen fuhren wir mit zwei Mädchen im Auto zu einem Badesee, schwammen nackt, kehrten in die Villa zurück, plünderten den

Kühlschrank, kochten Kaffee, versuchten die aufgeschreckte Haushälterin zu beruhigen, und der Stopfer, so nannten wir ihn, fuhr uns im Mercedes seines Vaters nach Braunschweig zurück, wobei wir, die wir hinten saßen, ihn durch leichte Schläge gegen den Kopf am Einschlafen hinderten. Der vorn neben ihm Sitzende war in einen Tiefschlaf gefallen, er saß da mit hängender Kinnlade und die Straßenunebenheiten ausnickendem Kopf. In Braunschweig, auf dem Gelände des Kollegs, stiegen wir aus.

Ich duschte, legte mich ins Bett und versuchte zu schlafen, aber der starke Kaffee und die nächtlichen Bilder hielten mich in einem überwachen Zustand. Ich zog mich wieder an und ging hinaus, in diesen frühen durchsonnten Junimorgen, hinunter zum Fluß, an die Oker. Wo ich ihn sitzen sah, schreibend.

Las er, war es ein meditatives Versunkensein. Ich mußte ihn drängen, seine Arbeiten zu zeigen, darüber zu diskutieren. Das war das Auffällige an ihm, dieses stille Zuhören, sein Schweigen, hinter dem sich nicht schläfrige Gleichgültigkeit verbarg, sondern eine stille Bewegtheit, die Arbeit der Gedanken – um sich plötzlich zu äußern, überraschend, in einer knappen witzigen Bemerkung, in einem ungewöhnlichen Bild oder Vergleich – so hast du das nie gesehen, sagte ich mir oft.

Lachte er, beugte er sich ein wenig nach vorn, als müsse er das Lachen, ein leises Lachen, nach innen lenken. Hochgewachsen, schlaksig, mittelblond, ein gleichmäßiges knabenhaftes Gesicht mit ruhigen, offenen Augen.

Der Kunstlehrer behauptete, er zeige eine erstaunliche Ähnlichkeit mit der griechischen Bronzeplastik, die als Wagenlenker von Delphi bezeichnet wird.

Na denn, sagte er, solange es die Note nicht drückt.

Auf dem Weg zum Abendgymnasium, von der Arbeit kommend, ging ich in den Botanischen Garten, saß unter einem Baum, den ich für mich den Baum der Weisheit nannte. Ich hatte als Kind die Blätter mit der Mutter gesammelt, heimlich abgerissen, was verboten war – *wenn das jeder täte*, hatte sie gepreßt und ein Herbarium angelegt. Unter diesem Baum saß ich am späten Sommernachmittag und lernte englische Vokabeln, eine halbe Stunde lang, aß nebenher zwei Scheiben Brot, aß einen Apfel und ging dann zum Holstentor, wo das Abendgymnasium in einem wilhelminischen Backsteinbau untergebracht war. Der Unterricht dauerte von 18 bis 22 Uhr.

Danach fuhr ich nach Hause, machte die Schulaufgaben, las noch eine halbe Stunde, ging gegen Mitternacht ins Bett, schlief sofort ein und stand am nächsten Morgen um 6.30 Uhr auf. Die Fahrt zur Arbeit in der Straßenbahn, dichtgedrängt, im Winter die Essensausdünstungen aus den feuchten Mänteln, der Druck der Körper in den Kurven, beim Anfahren, Abbremsen, die Müdigkeit hing in den Handschlingen.

Der Herztod des Vaters, plötzlich, nachts an einem ungewöhnlich heißen Septembertag. Ich übernahm das Geschäft, zwei Kürschner und vier Näherinnen. Es blieb keine Zeit mehr für das Abendgymnasium.

Als wir, die Mutter und ich, das vom Vater geheimgehaltene Notizbuch im verschlossenen Schreibtisch fanden und die fälligen Wechsel entdeckten, uns ansahen – ich entsinne mich noch genau dieses Blicks der Mutter –, ein Staunen, starr, das sich erst langsam in ein Kopfschütteln löste. Wenn es nicht gelang zu sparen, Geld für die Wechselverlängerung aufzutreiben, würden wir in weniger als zwei, drei Monaten bankrott gehen. Der Vater war gerade rechtzeitig gestorben, denn Bankrott, das wäre die Vernichtung gewesen. Man hätte sich nicht einmal mehr mit einer Zigarre in der Öffentlichkeit zeigen dürfen.

Ich nahm am nächsten Tag einen der maßgeschneiderten Anzüge des Vaters aus dem Schrank. Der Vater war nur einen Zentimeter größer und, bevor er zu trinken anfing, so schlank wie der Sohn gewesen.

Ich zog mir den Anzug an, band mir eine Krawatte um, setzte seinen Hut auf, fuhr, für beschränkt geschäftsfähig erklärt, zur Bank und verhandelte dort über einen Kredit. Vorweisen konnte ich meine mit Auszeichnung abgeschlossene Lehre und das Diplom als Zuschneider.

Seitdem waren der Anzug und vor allem die Krawatte Kleidungsstücke der Pflicht und des Geltenmüssens.

Nach drei Jahren waren die Schulden getilgt, und ich verdiente *gutes Geld*. Ich war finanziell *unabhängig*. Es sollte Jahrzehnte dauern, bis ich wieder vergleichbar viel verdienen würde. Während des Studiums und auch noch in den Jahren danach begleitete mich die beruhigende Gewißheit, daß ich im Notfall jederzeit mit meiner Arbeit als Kürschner und dem Entwerfen von Schnittmustern meinen Unterhalt hätte verdienen können. Erst durch die Tierschutzkampagnen verlor dieses Handwerk seinen *goldenen Boden*. Eines Morgens, als die Mutter das Geschäft, das sie mit meiner Schwester schlecht und recht weiterbetrieb, aufschließen wollte, fand sie ein paar Leute vor dem Laden stehen. Sie dachte, es sei schon wieder eingebrochen worden. Dann sah sie das in großen Lettern auf die Schaufensterscheibe geschriebene Wort: *Mörder*. Diese sanfte, niemandem ein Leid zufügende, hilfsbereite Frau stand da und war voller Scham und ratlos. Als der Streifenwagen der Polizei kam, herbeigerufen von einem Nachbarn, fing sie an zu weinen. Der eine der beiden Polizisten nahm mich, erzählte sie, in den Arm und sagte, geben Sie mir einen Eimer Wasser, ich wasch Ihnen das ab.

Doch in den Jahren 1959 und '60 florierte das Geschäft. Insbesondere Persianermäntel wurden verkauft, und die Gewinnspanne war, da ich sie selbst anfertigte, groß. Aber noch immer waren die Schulden hoch, Verhandlungen mit der Bank nötig, um einen Wechsel zu verlängern. Zähes Feilschen beim Einkauf der Felle. Auch der letzte Kürschnergeselle mußte entlassen werden. Nachts wach liegen mit dieser Angst vor dem nächsten Tag. Die Fragen durchgehen, die nach den Einkommenserwartungen gestellt wurden. Der Vorsatz, bei dem morgigen Gespräch mit dem Kürschnergesellen, der entlassen werden mußte, hart zu bleiben, nicht *einzuknicken*. Keine Emotionen zu zeigen, vor allem sich die selbst nicht zuzugestehen. Später, danach, der Mann war gegangen, saß ich erschöpft in der Werkstatt, voller Scham über die gezeigte Kälte. Ich hatte das Zittern um seinen Mund bemerkt und hatte nur diesen Gedanken: Hoffentlich fängt er nicht an zu weinen. Der Satz: Du mußt hart bleiben. Ich war neunzehn Jahre alt und sagte mir das morgens laut vor, du mußt es schaffen, du wirst es schaffen. Das Geschäft entschulden. Das Geschäft mit der Werkstatt war, wie bei fast allen Handwerksbetrieben dieser Größe, die Existenzgrundlage der Familie.

Mittags fuhr ich für eine Stunde zum Falkensteiner Ufer, blickte über die Elbe, auf der die Schiffe ein- und ausliefen, und wünschte mir zu reisen, Zeit zum Lesen, unbegrenzt, und vor allem das, *Muße zum Schreiben*. Nach einer Stunde fuhr ich zurück in das Geschäft, arbeitete bis in die Nacht, berechnete und schnitt Nerz- und Persianermäntel zu, entwarf Schnittmuster für Kundinnen, Frauen, die sich zumindest in einem Pelzmantel kleinere Brüste wünschten, auch die Hüften sollten nicht so breit hervorstehen. *Zaubern Sie mal.* Das war die Saison, der Winter.

Im Sommer hatte ich mir ein VW-Kabriolett gekauft, schwarz, rote Ledersitze, graues Verdeck. Ich fuhr an die Elbe, an den Övelgönner Uferweg, saß in einem Café und las, hob ich den Blick, waren die ein- und auslaufenden Schiffe zu sehen und am gegenüberliegenden Elbufer die Ölraffinerie.

Es gab nicht viel zu tun. Niemand dachte bei 25 Grad an Pelzmäntel. Ich arbeitete vormittags, entwarf gegen Honorar Schnittmuster für andere Kürschner. Schien die Sonne, fuhr ich am frühen Nachmittag mit einem Freund an die Ostsee, nach Travemünde, schwamm in der See, lag am Strand und ging abends in eine Bar, in der eine cubanische Band spielte. Hierher kamen die Schwedinnen, die damals zum südlichen Badeurlaub nach Travemünde fuhren, noch gab es nicht die Billigflüge nach Malaga und Mallorca. Mädchen, mit denen man auf englisch oder deutsch ins Gespräch kommen konnte, ohne die gesellschaftlich vorgeschriebenen Abwehrrituale, das Weggucken, Kopfwegdrehen, dieses gestische Gezicke überwinden zu müssen. Nicht, daß sie, was damals eine verbreitete Vorstellung war, *leicht zu haben* gewesen wären, im Gegenteil, sie waren sehr bestimmt in dem, was und wen sie mochten und was nicht und wen nicht, aber sie waren offen für Gespräche, freundlich, wenn man sie ansprach.

Vom Tanzen verschwitzt – und wir hatten drei, manchmal vier Stunden getanzt –, gingen wir hinunter zum Strand, schwammen nackt im Meer, lagen in den Strandkörben, das Flüstern, ein Lachen, Seufzen,

Jauchzen. Das waren die Nächte im Juni und Juli, kurz, besonders kurz, wenn es frühmorgens kühl von der See herüberwehte und man mit einem leichten Schauder aufwachte. An einem Kiosk, dem einzigen, der so früh geöffnet hatte, gab es frisch gebrühten Kaffee, dann fuhr ich zurück, stellte mich müde, aber doch voller Tatkraft an den Zeichentisch und arbeitete an dem Schnittmuster. Und ich mußte nur mit meinem Handrücken über die Lippen streichen, um Sonne und das Salz zu schmecken.

Und dennoch wuchs in dieser Zufriedenheit ein Unbehagen, ein zartes, aber bestimmtes Gewissen meldete sich, nicht als moralische Instanz, sondern als Erinnerung an die eigenen Tagträume, die sich von dem intensiven Lesen und Schreiben genährt hatten und jetzt in der Zerstreuung ihre Lebendigkeit verloren.

Einer der lustigen Freunde hatte sich und mich in einem Sportverein angemeldet, und da Studenten die Hälfte des Beitrags zahlten, hatte er uns als Studenten ausgegeben. So war ich, der sich sonntags in der Kunsthalle Vorträge anhörte, plötzlich Student der Kunstgeschichte geworden. Es blieb nicht allein bei dem Training, sondern die, mit denen wir trainierten, stellten Fragen. Ich begann mich verstärkt in Kunstgeschichte einzuarbeiten, die Moderne, die Renaissance, ich las, ich besuchte Vorlesungen an der Universität, diese auf Rabatt ausgerichtete Fiktion entwickelte ihre Eigendynamik, wir wurden zu Partys und Abendessen eingeladen, wurden, der fidele Freund war ein witziger

Unterhalter, herumgereicht, erzählten, stets vorsichtig, aber doch kompetent, wobei es für den Freund weit schwieriger war, denn er hatte sich als Medizinstudent ausgegeben und wurde immer wieder nach Krankheitssymptomen und Behandlungsmöglichkeiten gefragt. Er hatte früher einmal einen Erste-Hilfe-Kurs gemacht, war mit einem Mediziner befreundet und verstand es, den Puls zu fühlen, gab auch allgemeine Ratschläge, die niemand, soweit ich Zeuge war, zum Schaden gereicht haben. Für mich rückte inzwischen die Frage nach dem Studienabschluß näher, und die Verhältnisse und die erforderlichen Schwindeleien, die aus einer kleinen Lüge entsprungen waren, wurden immer verwickelter, unübersehbarer, folgenreicher. Es galt, mit ausgewiesenen Kunstwissenschaftlern zu Abend zu essen und sich über Klee und das in der Hamburger Kunsthalle hängende Bild *Revolution des Viadukts* zu unterhalten. Ich weiß seitdem, daß ich auch eine Karriere als Hochstapler hätte machen können.

Von dem fidelen Freund trennte ich mich, als ich nach Braunschweig an das Kolleg ging, um das nachzuholen, was ich in der Vorstellung dieser Leute, einer kleinen Gruppe, schon war. Der fidele Freund entschwand meinem Blick. Hat er später, vielleicht sogar bis heute als Arzt praktiziert? Ist er Medizinjournalist oder ist er, was er wollte, Politiker geworden? Wenn es denn so war, kann er nur regional gewirkt haben. Jedenfalls habe ich nie wieder von ihm gelesen oder gehört – vielleicht hat er aber auch den Namen gewechselt.

Die Unzufriedenheit mit dem *munteren Leben* erwuchs nicht aus Überdruß, dazu war das Erleben in diesem und dem vorangegangenen Sommer noch viel zu neu und unverbraucht, es war etwas anderes, das mich in dieser umtriebigen Zeit beunruhigte – das Gefühl, abzudriften von dem, was ich für mich als bestimmend hielt.

Der Freund hingegen hat diese Abdrift in das Vergnügen, in die Ausgelassenheit nicht gelebt. Er hätte mir davon erzählt. Und auch sein älterer Bruder, Willibald, berichtet, wie sehr die Anstrengungen des Jüngeren auf die Literatur, auf die Musik, den Jazz, auf die Kunst gerichtet waren. Insofern gibt der Brief an den Direktor wohl einen genauen Eindruck von seinem Leben wieder: *Auf allen Gebieten der Kunst bemühe ich mich um das Verständnis für das gegenwärtige Schaffen.*

Gehört hatte ich von dem Kolleg und der Möglichkeit, dort das Abitur nachzuholen, im Radio – einer der das Leben mitbestimmenden Zufälle. Ich war davon überzeugt, daß ich für das Schreiben, so wie ich mein Schreiben verstand, eine akademische Ausbildung brauchte, philologische, philosophische Kenntnisse. Fern war der Gedanke, mit dem Schreiben Geld zu verdienen. Es hatte allein mit mir zu tun. Und ich hatte, zumal nach dem Geständnis vor den Kürschnergesellen, nicht mehr daran gedacht, das Geschriebene, Gedichte, Geschichten, Tagebuchnotizen, jemandem zu zeigen. Die Vorstellung, es zu veröffentlichen, hatte etwas Indezentes, als würde ich mich entblößen, mein Geheimnis verraten. Ich wollte mich mitteilen, wie jeder sich mitteilen will, was voraussetzt, daß man nicht ganz durchschaubar ist – nicht einmal für sich selbst –, Verschlossenheit als Voraussetzung für eine gewährte, selbstbestimmte Offenheit. Auch das muß gelernt sein, erfordert Mut, dieses sich ganz unverschlossene Mitteilen, zumal das Festgeschriebene nachlesbar und nicht korrigierbar ist. Eine Scheu, eine Ängstlichkeit, die mich begleiten sollte, auch dann noch, als das Geschriebene bereits gedruckt wurde. Angst vor dem Versagen, vor ungerechter und hämischer Kritik, peinlich auch falsche Belobigung oder dumme Ratgeber. Es war lange – und ist es immer noch, wenn auch nur von fern – wie ein Verrat an einem nur von sich selbst gewußten Geheimnis. Ein Geheimnis, das erst dem Freund offenbart wurde.

Bleistifte, Anspitzer und ein Lineal waren für den Test mitzubringen, einen Test, der darüber entschied, ob man zu den weiteren Prüfungen zugelassen wurde.

Ich hatte mich in einem kleinen Hotel eingemietet, das, wie ich dem Stadtplan entnahm, in der Nähe des Kollegs lag. Am selben Abend war Miß Germany dort abgestiegen. Hieß sie Gerti Daub? Eine freundliche junge Frau, die wie verloren im Empfang stand und mir, als wir ins Gespräch kamen, Fotos von der Wahl zur Miß Germany zeigte. Am nächsten Tag sollte sie bei der Präsentation einer Miederfirma auftreten, *Triumph*, wenn ich mich recht entsinne, Reklame für Korsagen und Büstenhalter. In diesem Hotel, vor kurzem modernisiert, mit einer kleinen Bar von der Tristesse eines Film noir, die Wände mit Nußbaum imitierendem Dekofix tapeziert, vier Sessel, fragte die Frau, es war noch früh am Abend und die Zimmer so klein, daß man sich kaum darin bewegen konnte, ob ich noch ein Glas Wein mit ihr trinken wolle. Wie ertappt bei dem Wunsch, sagte ich erschrocken, nein, und murmelte die hilflose Entschuldigung: ich müsse am nächsten Morgen früh aufstehen.

Später, im Zimmer, ärgerte ich mich, nicht geblieben zu sein, zugleich war da aber auch dieses Gefühl, die Bedeutung des kommenden Tages erhoben zu haben, so wie ein Sportler, der sich keine Ablenkung vor dem entscheidenden Kampf erlaubt. Ich ging ins Bett, konnte aber nicht schlafen.

Morgens um acht Uhr brach ich auf, ging die Wolfenbütteler Straße stadtauswärts, durch die Unterführung der Eisenbahntrassen, die am Ortsausgang von Braunschweig liegen. Dem Hauptgebäude des Kollegs, ein grauer Sandsteinbau, die Quader unbehauen, drei Fensterreihen, hoch, kantig, kasernenartig, in der Mitte gut fünfzehn Meter hohe Säulen, die einen Durchgang zum Park bildeten und von ferne an das Brandenburger Tor erinnerten, war sogleich die Herkunft aus der Nazizeit anzusehen.

Zu früh angekommen, ging ich durch den verwilderten, mit alten Buchen und Linden bestandenen Park, der hinter dem Gebäude lag. Dieser verkrautete Park, mit seinem jetzt im November feuchtmatschigen

Grünbraun, ließ den Kasernenbau noch bedrückender erscheinen.

Um neun hatten sich die Probanden in einem Hörsaal versammelt, es werden an diesem Tag vielleicht dreißig oder vierzig gewesen sein. Der spätere Freund war nicht unter ihnen. Er hatte die Prüfung schon im Jahr zuvor absolviert. Er wäre mir in der Angespanntheit der Prüfungssituation auch nicht aufgefallen. Jeder saß an einem kleinen Tisch, vorn ein Assistent vom Psychologischen Institut der Technischen Universität, der den guten Rat gab, einen kühlen Kopf und warme Füße zu bewahren. Die Unterlagen wurden verteilt, und der Test begann. Der Universitätsassistent las ein Buch, vor sich die Stopuhr. Und jeder der Prüflinge wußte, diese Uhr würde über den weiteren Lebensweg entscheiden.

Stunden später, nach dem Test, ging ich zur Toilette, blickte in den Spiegel und hatte ein Gesicht vor Augen, das wie ein Vorgriff auf das kommende Alter war. Wochen, ja Monate später, ich wohnte längst im Kolleg, träumte ich mehrmals, unter höchstem zeitlichem Druck komplizierte Wortreihen einander zuordnen zu müssen oder zwei gekippte Kegel zeichnend ineinanderzuschieben, die, hatten sie sich endlich durchdrungen, nicht lösbare Kegelschnitte bildeten. Die Worte ergaben keinen aufeinander beziehbaren Sinn, und die gezeichneten Linien verwirrten sich. Allein dieses Wort Kegelschnitt. Ein Wort, das in dem Test wahrscheinlich gar nicht vorgekommen war.

Einen Monat nach dem bestandenen Test fuhr ich ein zweites Mal nach Braunschweig, zu einer mündlichen und schriftlichen Prüfung, zu Gesprächen mit den dort lebenden Kollegiaten, die bei der Aufnahme neuer Bewerber ein Mitspracherecht hatten.

Das Aufnahmeverfahren war Anfang der sechziger Jahre kompliziert und darauf ausgerichtet, dem Kolleg jene elitäre Ausrichtung zu geben, die dem damaligen Direktor, einem Mathematiker, der auch Psychologie studiert hatte, vorschwebte. Begabte mit Berufserfahrung sollten nach dem angelsächsischen Vorbild gemeinsam wohnen und lernen und sich auf die Hochschulreife vorbereiten. Trotz der demokratischen Verfaßtheit stellte der elitäre Anspruch eine gewisse Kontinuität mit der ehemaligen Führungsakademie der Hitlerjugend her. Auch sie war ausdrücklich für jeden, *gleich welchen Stands*, offen. Das waren die sozialistischen Einsprengsel in der Ideologie, die gleichzeitig Juden ausschloß. Der Bewerber, der damals von der HJ abkommandiert wurde, mußte gesund, tapfer und treu der Partei ergeben sein. Hier sollte der spätere Führungskader für Partei und Militär herangezogen werden. Jetzt, Anfang der sechziger Jahre, waren für eine Aufnahme in das Kolleg ein Intelligenztest, ein psychologischer Eignungstest – es war die Zeit großer psychologischer Testgläubigkeit – und eine dreitägige mündliche und schriftliche Prüfung erforderlich. Die sodann Aufgenommenen bekamen für zwei Jahre ein Stipendium und ein Zimmer in dem Kolleg, das gut ausgestattet war mit Mensa, Schwimmhalle, Turnhalle und einem Theatersaal.

Ungefähr 80 Kollegiaten wohnten in drei der vier auf dem Gelände liegenden Wohnhäuser, zweistöckig, schiefergedeckt, mit Dachgauben. Der Direktor wohnte ebenfalls hier, auch einige der Dozenten.

Ich weiß nicht, wie hoch der Prozentsatz derer war, die abgelehnt wurden, hoch genug jedenfalls, um den Aufgenommenen das Gefühl des Besonderen zu geben. Vor allem der Intelligenztest führte zu merkwürdigen Verrenkungen, die Frage nach der Höhe des IQ, der, glaube ich, nicht unter 125 liegen sollte, war für einige der 18 Kollegiaten unserer Jahrgangsstufe wie eine Frage nach der Potenz, wobei erwähnt werden muß, daß unter den 34 Aufgenommenen nur zwei Frauen waren. Damals bewarben sich weit weniger Frauen um Aufnahme am Kolleg.

Das Kolleg wurde 1949 für Kriegsteilnehmer gegründet, die ohne Schulabschluß eingezogen worden waren und spät aus der Gefangenschaft kamen. Der Unterricht war auf Erwachsene zugeschnitten. Gruppenarbeit wurde eingeführt. Die Bezeichnungen Lehrer, Schüler, Klassen, Schule wurden vermieden.

Die Kollegiaten der ersten Gruppen hatten schnell und erfolgreich ihr Studium abgeschlossen, und etliche dann, nach ihren Erlebnissen im Krieg, heilende und helfende Berufe gewählt, sie waren Ärzte, Psychologen, Juristen, Theologen geworden.

Anfang der sechziger Jahre waren es eher die Versprengten, begabte Schüler – und es waren nicht wenige –, die aus unterschiedlichen Gründen an den Volks- und Mittelschulen zurückgeblieben waren. In der Zeit der Vollbeschäftigung mit den sozialpolitischen Leitbegriffen: *Wohlstand für alle* und *gleiche Bildungschancen für alle*, waren Schulen eröffnet worden, die jenen, die *weiterkommen* wollten, die Möglichkeit zum Erwerb der Hochschulreife boten. Die Nachfrage war groß und die Zahl der Kollegs in der Bundesrepublik noch klein, darum der strenge Auswahlmodus.

Heute, 40 Jahre später, wohnt keiner der Lehrer mehr in dem Kolleg. Die Zahl der Schüler ist auf 300 gestiegen und der Unterricht verschult. Der elitäre Anspruch von einst ist längst aufgegeben. Die Aufnahmeprüfungen wurden abgeschafft. Die Zahl der Lehrer ist gewachsen, und – eine völlige Verkehrung zur damaligen Situation – man wirbt um Schüler. Viele brechen die Ausbildung wieder ab. Einige sehen den Besuch des Kollegs als eine Möglichkeit der vom Arbeitsamt angebotenen Fortbildung. Die Ratlosigkeit, was nach dem Abitur kommen soll, ist genauso groß wie bei anderen Schülern. Wenn möglich wollen sie Beamte werden oder eine Banklaufbahn einschlagen, Betriebswirtschaft studieren. Es gibt die Ausnahmen, auffallend die jungen Türkinnen, die hier ihr Abitur nachholen, die, ihre Väter arbeiten bei der Müllabfuhr oder koppeln auf Bahnhöfen Dieselloks ab, studieren wollen, Sprachen, Soziologie, Psychologie. In ihren Augen finden sich noch Neugierde, Regsamkeit, die Lust am Aufbruch, auch an dem Wagnis, sich etwas abzuverlangen, das nicht mit Sicherheit Erfolg bringt.

Wir, damals Jean-Paul Sartre lesend, waren der Überzeugung, daß man – paradox – zur Freiheit verdammt ist, die jedoch auch die Wahl zuließ, einen anderen aus dem zu machen, der aus einem gemacht worden war und den man aus sich selbst gemacht hatte.

Einen Überfluß an Möglichkeiten, das war es, was uns das Kolleg nach mehreren Jahren Arbeit in einem ungeliebten Beruf bot, plötzlich erschien alles offen, ein Gefühl der Erweiterung, der Erleichterung, der Genuß, dieser Selbstgenuß, sich mit dem Eigenen beschäftigen zu können. Angeregt durch Lehrer – wenn sie denn selbst von ihrem Stoff angeregt waren –, war das freiwillige Lernen fast immer eine Lust, die Lust, sich neu zu finden. Ein Lernen auch aus dem täglichen Zusammenleben mit anderen. Es war eine Erfahrungshäufung im Austausch des Erlebten. Jeder hatte einen Beruf erlernt, sie waren Setzer, kaufmännische Angestellte, Tischler, Schlosser, Elektriker gewesen. Sie hatten in ihren Berufen gearbeitet, und etwas in ihnen hatte brachgelegen, der Wunsch nach sozialem Aufstieg trieb sie, sicherlich, aber auch noch etwas anderes, jedenfalls bei einigen, was sich mit dem alten Wort Berufung bezeichnen läßt. Sie wollten genau das studieren, was sie seit langem, oft schon seit der Kindheit interessierte, und die meisten wurden, was zu werden sie sich wünschten: Wissenschaftler, Ingenieure, Ärzte, Theologen, Biologen, Psychologen, Lehrer, Manager.

Wie beispielsweise Sch., der nach einer kaufmännischen Lehre im Kolleg aufgenommen wurde. Ein guter Unterhalter, witzig, sprachbegabt und ein genauer Abrechner bei gemeinsamen Ausgaben. Er konnte – und wurde darum beneidet – Mädchen und Frauen in der Öffentlichkeit ansprechen, was denkbar kompliziert war, für den Ansprechenden wie für die Angesprochene, denn das Sich-ansprechen-lassen *gehörte sich nicht*.

Der Ansprecher mußte eben das Nichtgehörige immer mit bedenken und möglichst auch zum Ausdruck bringen. Sch. zeigte, wie man das machen konnte, ohne daß es für die Frau oder für ihn peinlich wurde, ein *drageur*, wie sie in Paris genannt wurden, wo man sie bei ihren *Fangversuchen* beobachten konnte. Auch er war, wenn ich mich richtig erinnere, eine Zeitlang in Paris gewesen, hatte vielleicht dort seine Erfahrungen gesammelt. Er ging taktisch vor: Zum Erfolg führt am besten ein Überraschungsangriff. Nichts verstimmt mehr als ein Mann, der einer Frau hinterherläuft, auf sie einredet, der damit Aufmerksamkeit erregt – allein der Gedanke, daß es so sein könnte, also die Außensicht, reichte aus, daß die Mädchen, die Frauen, entschieden nein sagten, belästigen Sie mich nicht, verschwinden Sie. Es mußte ein Überfall sein wie *Ziethen aus dem Busch*, die Angesprochene, geradezu Überfallene, mußte mit einem Satz überrumpelt werden, nur so konnten die eingeübten Absagemechanismen außer Kraft gesetzt werden, dazu gehörten Witz und Einfallsreichtum, die auf der jeweiligen Situation aufbauen mußten. Und vor allem dies: Das Ansprechen mußte im Ansprechen mitreflektiert werden, erst als ein Selbstreferentielles war es akzeptabel. Eine Angebots- und Nachfragestrategie, die, stets vom konkreten Moment ausgehend, versuchen mußte, die Reaktion des anderen vorauszusehen, um sie dann wiederum als Argument, einander kennenzulernen, einzusetzen. Schlagfertig war er, das Komische suchend und hervorhebend, ein Verkaufsgenie auch in Sachen Sympathie. Nach dem Studium der Betriebswirtschaft bekam er eine Stelle in einer internationalen Elektronikfirma, stieg ins Management auf und kam zu dem ersten Treffen nach zehn Jahren mit einem italienischen Auto, war es ein Alfa Romeo oder Lancia?, und mit einer blondierten Frau, die auf die Frage, was sie beruflich mache, gelassen sagte, es war das Jahr 1973, wenn ihr Mann aus dem Büro nach Hause komme, *sei sie nur für ihn da und mache ihm das Leben schön.*

Oder H., von Beruf Setzer, ein geduldiger, politisch interessierter junger Mann, ein selbstverständlich nach moralischen Prinzipien Handelnder, ein Freund, verschwiegen, hilfsbereit, ohne Neid und Mißgunst, mit einem feinen Mitempfinden und einer erstaunlichen Geduld, ohne Interesse an einer Karriere, an Geld und Geltung, wurde Lehrer an einer Hauptschule, einer Schule, in die viele Heimkinder gingen, Kinder, die mit Eltern oder aus eigenem Antrieb auf Wanderschaft in ein Land gegangen waren, wo sie eine bessere Zukunft vermuteten, jetzt in seiner Klasse saßen, meist älter als die anderen Schüler waren und keines deutschen Wortes mächtig. Nur im Rechnen konnten sie folgen, waren darin oft die besten.

Pensioniert nach über dreißig Jahren und nicht zynisch geworden, nicht einmal resigniert, will er Nachhilfeunterricht geben, immer noch durchdrungen von diesem Verstehenwollen und dem Erklärenkönnen. Und überzeugt von der unbegrenzten Möglichkeit der Bildung zum Besseren.

K. hatte eine kaufmännische Lehre gemacht: ein begabter Organisator. Er wohnte in dem Kolleg im Parterre, meinem Zimmer schräg gegenüber. Ging ich über den Gang, hörte ich seine Schreibmaschine. Er hatte einen sorgfältig eingeteilten Tag. Morgens aufstehen, Unterricht, nach dem Unterricht in der Mensa essen, eine halbe Stunde schlafen, dann Arbeit für die Fächer, Abendbrot, abends Berichte an verschiedene Organisationen schreiben, Mitglied des Kollegrats, alles, was freiwillig zu übernehmen war, übernahm er. Gründete verschiedene Vereine, unter anderem eine internationale Ferienaktion, *Student für Europa*, in der er die Verschickung von Schulkindern organisierte. Und er schrieb über Sportfeste, Schützenverein- und Feuerwehrjubiläen, Berichte für die Rubrik *Land und Leute*, in verschiedenen Provinzzeitungen. Ich hörte sein emsiges Schreibmaschinenklappern bis in die Nacht, traf ihn hin und wieder auf dem Gang, und die Frage, wie es ihm gehe, beantwortete er meist mit sprichwortartigen Sentenzen: *Es geht wie geschmiert. Durchstoßen und nachsetzen. Schwamm drüber. Nägel mit Köpfen machen. Das wird schon werden. Da beißt die Maus keinen Faden ab, alles bestens.*

Einmal erzählte er mir, und das ist sonderbarerweise das einzige, was ich in den zwei Jahren von ihm über seine Wünsche gehört habe, er sei als Kind gern in den Zirkus gegangen, habe dem Kommen eines kleinen Wanderzirkus entgegengefiebert und für den Eintritt sein Taschengeld gespart. Ein Zirkus, der einen Bären, ein paar Pferde, ein räudiges Kamel hatte und einen Clown. Er erzählte das hektisch, unter beständigem Lachen. Die Erinnerung an ihn: jemand, der gehetzt war, der gehetzt wurde, sich selbst hetzte. Auch das Schreibmaschinenschreiben war ein Hetzen, er schrieb mit zehn Fingern, ein ständiges Trommeln, kaum eine Pause. Nach dem Abitur studierte er Politische Wissenschaften in Berlin, eröffnete zwei Pressebüros, arbeitete als Journalist für Rundfunkanstalten und Zeitungen in Bremen und Hannover. Dreimal habe ich ihn getroffen, er befragte mich für eine Zeitung, für einen Rundfunksender. Er wollte mir etwas Gutes tun. Ich hatte eben den ersten Roman veröffentlicht. Aber er war jedesmal wie *auf dem Sprung*, was an seinen Augen abzulesen war, ein winziges beständiges Abweichen der Pupillen, als müsse er nach einem Verfolger Ausschau halten. Stürzte dann weiter, zum nächsten Zug, zum nächsten Interview. Eine Freundin traf ihn in Hannover, das war ein paar Jahre später, elegant in einen hellgrauen Anzug gekleidet trat er auf, beim zweiten Mal,

Monate später, hatte der graue Anzug ein paar Flecken, wieder ein paar Wochen später traf sie ihn bei einem Pressegespräch. Er roch nach Alkohol und alter Wäsche. Der Rest sind Erzählungen von entfernten Bekannten. Seine Frau hatte sich von ihm getrennt. Er gab das verschuldete Pressebüro auf, schrieb eine Zeitlang kleine Beiträge, die immer ungenauer wurden, kürzer, sonderbare Wendungen enthielten, so daß er auch von ehemaligen Bekannten und Freunden in den Redaktionen nicht mehr unterstützt wurde. Er ging zu einem kleinen Zirkus und übernahm die *Öffentlichkeitsarbeit.* Später wurde er gesehen, wie er in der Manege die Pferdeäpfel zusammenkehrte und, weil betrunken, von einem Clown vorgeführt wurde. Er war Teil des Programms geworden. So zog er über die Dörfer und durch die kleinen Städte in Niedersachsen. Er starb, von der greisen Mutter gepflegt, an Alkoholismus.

Er wollte Journalist werden, bewegende Artikel schreiben, aus Politik und Kultur, aber vor allem, vermute ich, wollte er diesen Kindheitstraum verwirklichen, in einem Wanderzirkus mitzuarbeiten. Welch einen beschwerlichen, erschöpfenden, umständlichen Weg er für dieses Ziel genommen hat.

Ein Bild, das sich mir eingeprägt hat: An einem Morgen trafen wir uns vor dem Haus. Nachts hatte es geschneit. Eine tiefe wattige Stille lag über dem Park und dem Vorhof des Kollegs. Die wenigen, langsam fahrenden Autos auf der Wolfenbütteler Straße waren kaum zu hören. Eingeschneit standen die an der Einfahrt zu dem Wohnheim abgestellten Milchflaschen. Die gefrorene Milch hatte die kleinen silbernen Leichtmetallverschlüsse hochgedrückt, und einige waren aufgeplatzt.

Ein eisiger Februarmorgen, der keine Wolken zeigte, grau der Himmel, der blau zu werden versprach. Auf meine Frage, ob er nicht Lust habe, heute den Unterricht zu schwänzen und in das verschneite Land hinauszugehen, lachte er und sagte: *Dienst ist Dienst und Schnaps ist Schnaps*, und dabei hielt er lachend die Milchflasche mit ihrem aufgeplatzten Verschluß hoch.

Wir, der Freund und ich, gingen oft hinunter zu dem Fluß, an die Oker, gemeinsam oder einzeln, trafen uns hin und wieder an den verkropften Pappeln der Flußbiegung oder an den Wiesen, den sogenannten Naßwiesen, in denen gelbe und weiße Flächen wie mit Farbeimern hineingeschüttet lagen, so dicht standen die Blumen. Die sich in den Himmel schraubenden Lerchen, deren langanhaltender Gesang in einem Morendo schloß, als lauschten sie selbst einen Moment dem Nachklang, um dann wie Steine zu Boden zu fallen. Könnte es sein, daß die Lerche Lust beim Singen empfindet? Gibt es die Lust am eigenen Wohllaut, der Stimme, auch bei Tieren? Als Kind war ich überzeugt, daß unser Hund, eine weißbraune Promenadenmischung, aus dem Heulen einen Gesang entfaltete, und wenn er darin einen Augenblick anhielt, seinem Gesang nachlauschte.

Die Getreidefelder, Rebhühner wechselten den Weg, der sich an der Oker mit ihrer sanften, von Algen gesträhnten Strömung entlangzog, an der rechten Seite ein niedriger Deich, auf dem man hinaus ins offene Land gehen konnte.

Heute ist das Gelände hinter der ersten Schleife der Oker umbaut von der Autobahn, deren Zubringern und Landstraßen, erfüllt von nahem und fernem Reifengezwitscher, Motorenlärm. Es ist eine mir fremde Landschaft geworden. Auch die zwei Buchen mit ihrem glückbringenden Holunderbusch sind verschwunden. Die Suche nach der Sprache der Liebe.

Die Verweigerung: das Unbeteiligtsein, die *indifférence*, der Rückzug auf das pure Wort. In einer *Selbstvorschrift* hatte ich für mich notiert: Nicht lügen. Keine falschen Gefühle. Alles aussprechen. Hinsehen, genau, ohne den Blick zu wenden. Ein wenig kindlich war dieses Programm und natürlich auch nicht einzuhalten.

Ich kann mich nicht erinnern, über das gesprochen zu haben, was wir einmal werden wollten. Und ich weiß nicht, ob er ähnlich genaue Vorstellungen hatte wie ich, was das Schreiben anging. Er wollte Sprachen studieren, ich Philosophie und Literaturwissenschaft. Ein Bekannter, der ihn später in einem literaturwissenschaftlichen Seminar an der Freien Universität kennengelernt hat, erzählte mir vor ein paar Jahren, der Freund habe, was so gar nicht zu meinem inzwischen vielleicht verklärten Bild passen wollte, wie ein Sparkassenangestellter gewirkt, auch wenig gesagt, und was er gesagt habe, sei nicht sonderlich interessant gewesen.

Wir sprachen über Bücher. Und über eines haben wir ausführlich und immer wieder gesprochen, ein Buch, das uns über lange Zeit bewegt hat – *Der Fremde* von Camus.

Ich hatte das Buch, als ich an das Kolleg kam, eben zum zweiten Mal gelesen und las es mit ihm gemeinsam zum dritten Mal. Wir lasen uns kleine Abschnitte vor, sprachen über die Stimmung, über die Umgebung der algerischen Stadt, in der Meursault lebt, eine Stimmung, die uns vertraut schien, dieses von der Gesellschaft Abgesondertsein. Dieser stereoskopische Blick auf Dinge und Menschen. Die Genauigkeit in der Beschreibung der Gefühle. Keine Heuchelei, keine Selbsttäuschung, keine Kompromisse, keine verschwiemelte Sinngebung, das gefiel uns, ihm, mir und vielen anderen an den Büchern von Camus. Eine Lektüre, die in dem Alter der Selbstfindung ihre Kraft entfaltet.

Was uns in *Der Fremde* ansprach, war die Abgrenzung von all dem, was Konvention war, die Infragestellung der großen Gefühle und Tugenden: Nation, Familie, Heimat, Pflicht, Glaube, Treue. Das hatten wir herausgelesen, die Kühle, den Zweifel, keine Gewißheit, den Wunsch nach Konsequenz, die *Leidenschaft Denken*, das vor allem, sich nicht vorschnell mit Widersprüchlichem zu versöhnen, keine Lauheit dulden. Bindungslosigkeit und Gleichmut waren dafür die Voraussetzung. Die *indifférence* war der geheime

Treibsatz, um sich selbst das Interesse zu geben, *fern* und *fremd* zu sein, ein Interesse, das man dadurch – und das war sicherlich ein wenig pubertär – auch von den anderen für sich erhoffte.

Der Gleichmut, mit dem Meursault am Sarg der Mutter sitzt und einen Milchkaffee trinkt, eine Zigarette raucht, einschläft. Alles Dinge, die ganz unbedeutend sind und dann doch, nachdem Meursault einen Menschen getötet hat, gegen ihn ausgelegt werden, als Zeichen mangelnder Anteilnahme, als Gefühlskälte, ihn als Außenseiter kennzeichnen. Meursault, der, eine der von mir bewunderten Szenen in dem Roman, am Sonntag nachmittag am Fenster sitzt und auf die belebte Straße blickt, der ißt, trinkt, mit einer Frau schläft, ohne dafür das große Gefühl Liebe in Anspruch zu nehmen, was, wenn schon nicht das Versprechen der Ehe, die Lizenz für die Frau, für Marie, gewesen wäre, sich dem Mann hinzugeben. *Un moment après, elle m'a demandé si je l'aimais. Je lui ai répondu que cela ne voulait rien dire, mais qu'il me semblait que non. Elle a eu l'air triste.*

Diese lapidare, aussparende Sprache, in der über die Liebe und Freundschaft erzählt wurde, gefiel uns. Und auch das fand unsere Bewunderung, wie die algerische Landschaft, die Sonne, das Meer, der Strand, der Ginster, das mediterrane Licht in einer ekstatischen Sprache gefeiert wurden.

Warum schießt Meursault? Eine Kurzschlußhandlung. Der am Strand ruhende Araber fühlt sich bedroht und zeigt sein Messer, keineswegs aggressiv, er läßt die Klinge kurz in der Sonne aufblitzen. Meursault schießt, fünfmal, unverständlich, unverhältnismäßig sind diese Schüsse. Eine Machtdemonstration, die auf die Ungleichheit der beiden, des Arabers und des algerischen Franzosen, hinweist, sogar in den Waffen. Die Bedrohung scheint auch weit mehr von der Hitze, von der Sonne auszugehen als von dem Messer des Arabers. Der Schuß wahrt Distanz. Eine dumpfe Gewalttätigkeit, der harte und betäubende Knall des Revolvers, nicht zu vergleichen mit diesem eleganten Aufblitzen der Klinge in der Sonne. Warum dieser Schuß? Der Freund hat das ganz einfach gedeutet: Meursault hat dieser Sonnenreflex in der Klinge des Messers *aufgebracht*. Die Sonne, die Hitze, das Aufblitzen des Messers, der Schuß, das ist alles. Vielleicht hatte er damit recht, und es gab nicht die von mir gesuchte tiefere Bedeutung. Ein Zufall. Der Schuß ist so sinnlos wie der Tod, wie es die Welt ist. Die Welt ist, wie sie ist. Eine Tautologie, aber eine, die das Gleichgewicht angibt. Die Welt ist ohne Transzendenz. Es gibt keine Schöpfung, darum keine Geschöpfe. Das Leben, zufällig und in seinem Sinn nicht deutbar, das ist alles.

Wiedergelesen, erstaunt die literarische Konstruktion, wie die Figuren eingeführt werden, die knappen Situationen, in denen die Personen gezeigt werden, die ganz auf psychologische Deutungen verzichtende Beschreibung ihrer Handlungsweisen, wodurch die Personen etwas Rätselhaftes, schwer Ausdeutbares bekommen. Camus verweigert – das ist seine Erzählstrategie – seiner Figur Meursault jedes Mitgefühl mit ihrem Opfer, dem getöteten Araber. Auch dessen Angehörige kommen nie zur Sprache. Mitgefühl, Schuldgefühl oder gar Mitleid hätten die Konstruktion des Absurden gestört. Es würde den Gleichmut, die *indifférence* auflösen. Das Heroische erschiene dann plötzlich zaghaft, sogar kläglich. Das jedoch sind spätere Überlegungen, als ich an der zweiten Fassung meiner Dissertation schrieb. Schon zu der Zeit war es kaum noch nachvollziehbar, mit welcher Wucht mich, uns, viele meiner Generation, die Lektüre von *Der Fremde* und von *Der Mythos des Sisyphos* getroffen und verändert hatte. Wobei die Entzündeten hauptsächlich junge Männer waren, weit weniger, nein, kaum Mädchen und Frauen.

Im Kolleg hatte er sein Zimmer unter dem Dach, mit einem Fenster, das zum Park des Sommerschlosses Richmond hinausging, ein begehrtes Zimmer, größer als die anderen, mit einer größeren Kammer und einem größeren Duschbad. Ich besuchte ihn gern dort, blickte in das Laub der Bäume, ein stets aufgeräumtes, fast leeres Zimmer, einige seiner Zeichnungen hatte er an die Wand geheftet, die Bücher, wenige, ausgewählte, standen in dem Bücherbord, einige, deren Umschlag er mochte, waren wie Bilder hineingestellt. Der Schreibtisch war bis auf ein, zwei Bücher und eine Kladde leer. Einfaches weißes Geschirr. Er kochte Tee, stellte weißen Kandis auf den Tisch, alles mit ruhigen Handgriffen und ohne dabei zu reden, setzte sich dann in den Sessel und schwieg eine Weile.

Er bezog die Literaturzeitschrift *Akzente*. Das blaue Heft lag auf dem Sofa. Er hat mich für die Literaturzeitschrift geworben, die ich seitdem beziehe. Das Heft 1, 1961, Februar, hat er mir geschenkt, und darin finde ich seine Anstreichungen und Randnotizen. Neben einem Gedicht von Rudolf Hartung hat er »mal Mallarmé« geschrieben. Zwei Verlagsanzeigen hat er sich angestrichen, zwei Bücher, die er sich wohl als Prämie für mein Abonnement bestellen wollte. *Rumba Macumba (Afrocubanische Lyrik. Ausgewählt und übertragen von Janheinz Jahn. 79 Seiten, Leinen 5,80 DM, kartoniert 4,80 DM),* Carl Hanser Verlag. Und: *Rose aus Asche (Span.-Amerikanische Lyrik seit 1900, Band 79, 79 S., 3,- DM),* Piper Verlag. Diese blauen mit einem Kugelschreiber gemachten Striche zeigen, welch erstaunlich abgelegene Wege er in seiner Lektüre suchte.

Sprache selbst wird problematisch. Sie erscheint nicht länger als Mittel oder als Waffe oder als eine Art Signalanlage; die Möglichkeit oder Unmöglichkeit des Sprechens selbst tritt in den Mittelpunkt. Warum? Weil die verbindlichen Vorprägungen des Sprechens, vom einfachen Satz bis zu den literarischen Gattungen, ihre Verbindlichkeit, das heißt die Fähigkeit, stellvertretend zu stehen, verloren haben.

Eine These von Helmut Heißenbüttel, angestrichen steht sie in dem Februarheft *Akzente*, 1961. Wir hatten die Beiträge eines in diesem Heft veröffentlichten Berliner Symposiums gelesen und diskutiert, Thesen zur Lyrik unter anderem von Grass, Heißenbüttel, Rühmkorf, Höllerer und Franz Mon.

Er neigte Franz Mon und Helmut Heißenbüttel zu, die das Experiment, die *Arbeit am Sprachstück*, betonten. Ich neigte eher den Thesen von Grass zu, der das Gelegenheitsgedicht, also das von spontanen Erfahrungen gesättigte Gedicht, lobte. Wobei es Heißenbüttel sein wird, das soll hier als Dank gesagt sein, der später den jungen Schriftsteller, mich, durch Besprechungen und Rundfunksendungen förderte. Mir gefiel auch, was Rühmkorf in seinem Diskussionsbeitrag sagte: *Und vor allen Dingen kommt es mir darauf an, daß das Gedicht ein Thema und einen Stoff bekommt, der nicht durch die Struktur und das rein Sprachliche von sich aus da ist, sondern daß es ein Objekt, ein Außen hat.*

Einig waren wir uns darin, daß bei Gedichten und Prosa immer die Sprache, die besondere, geformte, das Entscheidende war. Kritiker, die diese Selbstverständlichkeit besonders hervorhoben, hatten für uns etwas lächerlich Wichtigtuerisches.

Eine anonyme Sprecherin aus dem Publikum wird in den *Akzenten* zitiert: *Ich bin erstaunt und empört zu sehen, auf welche Art man Dichtung herstellen kann. Ich habe immer geglaubt, eine Lyrikerin zu sein, aber ich nehme meinen Hut und meinen Mantel und gehe, entschuldigen Sie bitte.*

Das wurde für uns zu einer stehenden Abschiedsfloskel, über die wir, weil sie so schön übertragbar war, stets neu lachen konnten: *Ich habe immer geglaubt, ein guter Schüler/Tänzer/Liebhaber zu sein, aber ich nehme meinen Hut und meinen Mantel und gehe, entschuldigen Sie bitte.*

Morgens, wenn aus den Häusern die Kollegiaten zum Unterricht kamen und mit Büchern unter den Armen über den Hof gingen. Das Lachen des einen, Olaf, der einen tiefen Baß hatte, ein dröhnendes Lachen, das mich, ohne den Grund zu wissen, jedesmal mitlachen ließ. Unter der Eisenbahnbrücke sang er wie Siebel aus *Auerbachs Keller*: *Wenn das Gewölbe widerschallt,/ Fühlt man erst recht des Basses Grundgewalt.* Er sang *Summertime*, und da er nur den Anfang des Liedes kannte, variierte er den Text in schrägen Bildern und Wortspielen.

Mein Versuch, über die an der Front des Hauptgebäudes stehende alte Blutbuche ein Gedicht zu schreiben. Eine Zeile, die ich, nicht weil ich sie besonders gelungen fand, behalten habe: *Diese hier stand längst vor Haken und Winkeln und Rufen.*

Einmal, im Sommer des zweiten Jahres, als wir an der Oker saßen, in der Stille eines sich langsam auftürmenden, durch keinen Windstoß sich ankündigenden Gewitters, und uns über Gefühl und Sprache unterhielten, über uns, in dem eben noch blauen Himmel, grauschwarz das tiefhängende Gewölk, las er mir, was er sonst nie tat, ein nicht fertiges Gedicht vor. Noch fehlte die letzte Strophe. Einer Ode gleich war der Klang, der

Rhythmus, den ich noch immer höre, diesen Gesang, ohne mich an eine Zeile, auch nur an ein Wort erinnern zu können. Als er geendigt hatte, sagte keiner von uns ein Wort, und wir sahen den Regen näher kommen, eine dichtfallende gesträhnte graublaue Front, in der die Blitze niederfuhren, und der Donner rollte über die Wiesen und Felder heran, mit einer Wucht, die sich auf die Brust legte, einen Moment gelähmt, nicht vor Schreck, sondern innig beglückt standen wir und wurden in diese Flut eingetaucht.

Es war der Augenblick, in dem wir wußten, es wird gelingen, das Selbstgewählte voranzubringen, mit allem und jedem Einsatz, allein dem verpflichtet. Kein Unbeteiligtsein, sondern darin aufgehen. Ein hoher Ton, der nur an dem Beginnen möglich ist und sich nur aus der Unschuld der verspätet sich Bildenden erklärt, aus Traum und Wunsch, die man sonst niemandem hätte anvertrauen können. Schreiben nicht als Alternative, nicht, weil man es gern möchte, aber doch auch etwas anderes tun könnte, sondern weil man keine Wahl hat, dieses Eingeständnis, das von ihm nicht nur mit Verstehen beantwortet wurde, sondern mit brüderlichem Gleichsinn und Vertrauen. Eingestanden auch, daß dieses Müssen eine Selbstverpflichtung war, eine Gegenwehr, deutlich schon als Kind spürbar, schreiben zu müssen, was aus schulischer Qual erwuchs und doch von geheimnisvoller, ahnungsvoller Lust begleitet war.

Der nicht geschundene Mensch wird sich nicht bilden.
Menandros

Das Gedicht hat er mir, weil die letzte Strophe fehlte, nie zum Lesen gegeben. Als wir uns trennten, war das Gedicht immer noch Fragment. Vielleicht war er durch diese vorzeitige Lesung nicht mehr in der Lage, es fertigzuschreiben. Ein Abschluß, der in der Situation des Vortrags aufgehoben wurde, dieser Augenblick an der Oker war möglicherweise die letzte Strophe. Es war ein Geschenk. Dem Glück des damals Beschenkten entspräche das Glück, dieses Gedicht, das Fragment, mit seinem nur mir bekannten, nicht vorhandenen Schluß doch noch zu finden, es nochmals zu lesen, bewußt und mit allen Sinnen.

Paris hatte ich gewählt, weil ich über die existentialistische Philosophie, über das Absurditätsproblem bei Camus promovieren wollte, aber auch der Umkehrschluß ist richtig, ich wählte dieses Thema, weil ich nach Paris wollte. Es war eine Flucht aus dem Stillstand in München, vor den sich wunschlos in die Länge ziehenden Tagen. Und es war die Neugierde auf eine Stadt, die ich nur aus der Lektüre, aus Filmen und aus den Erzählungen des Freundes kannte. Ich wollte die Menschen kennenlernen, die in der Vätergeneration noch als *Erbfeinde* galten. Von denen es hieß, sie wüßten zu leben, jeder Spießer, der im Krieg Besatzungssoldat in Frankreich gewesen war, sprach wissend vom *savoir vivre* und hatte schlüpfrige Anekdoten über die Dekadenz und moralische Verkommenheit der Nachbarn parat. Das wirkliche Frankreich *zu erleben*, sich diesem Land, seiner Kultur zuzuwenden, dazu entschlossen sich viele meiner Generation, sie brachen auf als Au pair, als Austauschschüler oder als Hilfskräfte bei der Wein- oder Obsternte und belebten so den Freundschaftsvertrag zwischen den beiden Ländern. An den Schwarzen Brettern der Universität hingen im Sommer die Plakate mit den Adressen, an die man sich wenden konnte.

Das amerikanische Lebensgefühl hatte sich für Kinder nach dem Krieg – zumindest in der amerikanischen Besatzungszone – durch Kaugummi, durch Jazz, das O. K. und durch die Jeans früh und die kindlichen Sinne affizierend übertragen, um sich dann auf die Literatur, den Film, die Kunst auszudehnen, die Annäherung glitt gleichsam von dem Erlebten in das Literarische, Ästhetische über.

Die Entdeckung Frankreichs hingegen war bei mir wie bei dem Freund eine bewußte Hinwendung zum Fremden, zur Sprache, zum Land, zu der Geschichte, eine Hinwendung, die eine Bereicherung des Denkens und der Sinne versprach. Am Anfang dieser Zuwendung war die Literatur, der Text, das Bild. Die Augen, Sinnesorgan der Distanz, wurden durch die Malerei, durch den Film angezogen. Es war ein ästhetisches Interesse. Erst Jahre später kam die Erfahrung des Alltags hinzu. Das französische Essen habe ich erst in Paris kennengelernt. Eigentümlich und heute kaum noch vorstellbar, wie selbst in einer Hafenstadt wie Hamburg das Essen nur ein regionales, gut oder schlecht deutsches war. Es gab Ende der fünfziger Jahre, soweit ich weiß, kein italienisches Restaurant in Hamburg, kein französisches. Ich mußte zwanzig Jahre alt werden, um den ersten Cappuccino in London, in Soho, zu trinken, und sechsundzwanzig, um die ersten Tartes, die ersten Croissants zu essen.

Frankreich war für mich weit fremder als Amerika, fremder auch durch die Sprache, deren notenähnliches Schriftbild mit seinen Accents aigus, graves, circonflexes eine ästhetische Neugierde weckte.

Anders als er, war ich nie in Frankreich gewesen, kannte das Land nur aus Filmen, aus der Literatur, aus der Philosophie, meine erste Arbeit an der Universität in München hatte den *Discours de la méthode* zum Thema, ein freiwillig gewähltes Seminar wie auch spätere über Pascal und Sartre.

Meine Vorstellung vom französischen Alltag war durch seine Berichte geprägt, von den Weinernten, den Nächten in Paris, dem Marais, den Hallen, die ich später, vor ihrem Abriß, noch sehen sollte, diese Fülle des Meers, die auf Seetang gebetteten Austern, die Rufe, Gerüche, die Fischschuppen am Boden, die mit Karotten, Auberginen, Artischocken beladenen Kisten, die Männer in ihren Gummischürzen, mit den Rinderhälften auf den Schultern, in einer langen Reihe wurden die gewaltigen Fleischteile von den Lastwagen in die Halle geschleppt.

Ich hatte mir verboten, als Tourist nach Paris zu fahren, ich wollte dort leben. Ein Wunsch, der sich von

Jahr zu Jahr verstärkte, dringlicher wurde. Der Grund war, durchaus vergleichbar mit jenem, der mich nach Braunschweig und abermals später nach Rom geführt hatte, die eigentümliche Stimmung, die einer auch körperlich spürbaren Lähmung gleichkam, des Stillstands, zuweilen schien mir das Luftholen schwer, ein Ziehen, eine Enge, ein Gefühl, nicht mehr durchatmen zu können. Der Wunsch, dem Alltag in München zu entkommen, der Gewohnheit, der Festschreibung, dem Eingeschliffenen, der Ermüdung im Studium, der Gleichgültigkeit gegenüber Künftigem. Zugleich wuchs die eigene Ungeduld mit mir selbst und das Gefühl von Enge und Wiederholung in der Nähe der Frau, mit der ich zusammenlebte, was nicht an ihr lag, die, obwohl sie arbeitete und zugleich ihr Abitur nachholte, voller Geduld und Zärtlichkeit meine Unruhe ertrug. Eine Unruhe, deren Grund ich kannte, es hatte sich etwas von dem Antrieb zum Schreiben verloren, meine Arbeit hatte sich auf das Studium verlagert, die Lektüre des philosophischen Kanons, das Erlernen des Mittelhochdeutschen, Althochdeutschen, Gotischen, die Vorbereitung auf das große Latinum, das ich nachholen mußte. Ich arbeitete intensiv für die erforderlichen Scheine, aber die Arbeiten hatten nichts mit einer mich befördernden Neugierde zu tun. Durch diese Pflichtarbeiten – auch durch die Wärme des gemeinsamen Essens und Schlafens – war der Freiraum zum Schreiben von Gedichten und Prosa verlorengegangen.

Im Herbst 1966 kam ich am Gare de l'Est an. Es regnete. Ich hatte den Schirm im Zug liegengelassen, im letzten Moment erschien es mir geradezu lächerlich, mit einem Schirm durch Paris zu laufen, das doch für ein existentialistisches Lebensgefühl stand, bestimmt vom *film noir* und dem Roman *Der Ekel.* Im dichtfallenden Regen ging ich mit dem Koffer zu einer Bushaltestelle, sah die Bremslichter auf dem nassen Asphalt, die vorbeihastenden Menschen, ging in dem Regen weiter, in erwartungsvoller Freude, nein, in einem sprachlosen Glück. Mit dem Wissen, die Dissertation dort zu schreiben, wo über das Absurde nachgedacht worden war. Und mein Erleben sollte ebenso genau sein, von der kalten Klarsicht des Fremdseins getragen, in die Tiefe dringen. Ich suchte eine Bushaltestelle, obwohl mir geraten worden war, die Metro zu nehmen, aber ich wollte bei meiner Ankunft die Stadt, die ich nur von Fotos kannte, sehen, nicht unter ihr hindurchfahren, ich wollte die Stadt am ersten Abend so erleben, wie ich es mir in meinen Tagträumen vorgestellt hatte. Ich schleppte den Koffer und die Tasche mit der Reiseschreibmaschine über die Straßen, von einer zur nächsten Bushaltestelle, stellte fest, daß der Bus nicht hielt, wo ich vermutete. Menschen waren kaum auf der Straße, und die, die unter den Schirmen vorbeihasteten, taten, als verstünden sie mich nicht, und heute bin ich sicher, sie verstanden mich tatsächlich nicht. Mein Französisch, das Verstehen wie das Sprechen, war weit schlechter, als ich gehofft hatte. Mein anfängliches Glücksgefühl, das einvernehmliche Erkennen der Straßenlaternen, der ersten matschigen Platanenblätter, der Bistros, Bars, kühlte in der Nässe, die bis auf die Haut gedrungen war, ab, verlor sich, auch meine Begeisterung, und ich winkte schließlich einem Taxi. Das erste, das hielt, fuhr, nachdem der Fahrer einen kurzen Blick auf mich geworfen hatte, weiter. Das zweite Taxi blieb stehen, aber der Fahrer wollte diesen triefenden Gast nicht einfach auf seine Sitze lassen, verlangte, daß er den Mantel auszöge. Was er nicht sah, auch der Anzug war durchnäßt. Aus den Schuhen lief das Wasser. Der Mann fluchte in einem Französisch, das ich nicht verstand. Vielleicht fluchte er über das Wetter, über das schlechte Geschäft, über seine Frau, die ihn betrog, aber ich bezog es auf mich. Unterwegs stellte er den Taxameter ab. Ich wagte schon nicht mehr zu fragen, warum, verstanden hätte ich es doch nicht. Er fuhr mich in die Cité Universitaire, verlangte einen phantastischen Preis, alles Nachfragen half nicht – dann fuhr er schimpfend davon.

Jetzt, beim Ausräumen einer Kiste, auf der Suche nach seinen Gedichten, auch nach meinen, fand ich ein paar handschriftliche Seiten, fortlaufend numeriert und quer durchgerissen – der Rest der ersten Fassung des Manuskripts über *Das Problem der Absurdität*, an dem ich in Paris geschrieben hatte.

In dem Sommer in Paris war ich, nach seinem Tod, doch noch einmal zur Arbeit zurückgekehrt, hatte weitergeschrieben, und meine Handschrift war mir dann auch nicht mehr fremd, sondern wieder vertraut und selbstverständlich, verwies auf Kommendes, so kühn ziehen sich die Aufstriche hoch. Dann aber, im September, bei der Rückkehr nach München, fand ich dort alles verändert, die Freunde, die Mitstudenten in einem tätigen Aufruhr, in einer Aktivität voller Zorn, getragen von dem Entschluß zur Tat: Diskussionen, das Schreiben von Flugblättern, das Sammeln von Wirtschaftsdaten, Statistiken, die Vorbereitung von Diskussionen und Demonstrationen. Und eines Nachts, nach einer Diskussion über die Apartheid in Südafrika, zerriß ich die in Paris geschriebene Fassung, eine demonstrative, aufwendige Handlung, 140 Seiten. Ich war befreit und bereit zur Tat.

Nichts sollte mehr mit dem als falsch Erkannten zu tun haben. Ich warf die Arbeit, eine mit Kraft und Konzentration vorangetriebene, in den Papierkorb.

Die Seiten liegen auf dem Schreibtisch, sieben schräg durchgerissene halbe Seiten, übriggeblieben aus Zufall. Aber was heißt Zufall? Vielleicht sollte es ein Beleg dafür sein, daß man mit sich selbst einig sein muß, gerade in dem, was man schreibt. Später, drei Jahre später, habe ich eine neue Arbeit geschrieben, in wenigen Monaten, eine Arbeit, deren Ziel der Abschluß war.

Die Toten erinnern uns an unsere Versäumnisse, Fehler, Verfehlungen. Sie sind unsere Widergänger.

Etliche Jahre später habe ich nochmals versucht, über den Freund zu schreiben. Und habe die Arbeit wieder unterbrochen. Es waren keine äußeren Gründe, der Grund lag in mir, ich unterbrach mich selbst.

Die Verweigerung von jeglicher Bindung im Privaten, im Kollektiv. Wie lächerlich erschienen mir damals die Ostermarschierer, wie lächerlich die Parteien, wie lächerlich die Vertreter der Religion. Lächerlich wie dieser Abend, zu dem ich eingeladen war, an dem über den Anthroposophen Rudolf Steiner gesprochen wurde. Über die unterschiedlichen Astralleiber, Siegfried blau und Hagen gelb. Lächerlich war eines der Abwehrworte. Ein Wort, das Distanz schaffte. Distanz vor jeder Festlegung. Vor jeder Ideologie sowieso.

Die Vorstellung vom *Unabhängigsein*. Nicht das verschwitzte Verhalten der Autodidakten, die sich immer wieder vor sich selbst mit ihrem Wissen rechtfertigen müssen, die eben nicht die Lücken, das Nichtwissen gelassen eingestehen können, ja mit diesem Eingeständnis erst zeigen, daß sie einen höheren Grad des Wissens erworben haben. Es fehlte noch die Erkenntnis, wie bemüht, angestrengt die lässige Negation sein kann, dieses Beharren auf dem Ausgefallenen, Komplizierten, Aparten. Ich las ein Buch über die Samurais. Der Versuch, autonom zu werden, sich zu perfektionieren, auch im Studium, Arbeiten mit dem Hinblick, sich *nichts bieten lassen* zu müssen. Anders der Freund, dessen sanfte Zurückhaltung sich jeder offen ausgetragenen Konkurrenz verweigerte. Das Lesen, Hören, Malen, aber ohne Anspruch auf Richtigkeit, ohne gewaltsame Behauptungen. Fern erschien er, unberührbar. Ein Mondstrahl.

Sein Schweigen war wie ein Nichteinverständnis.

Während es für mich Schwäche war, nicht, wo es not tat, widersprechen zu können. Ein Gefühl der Selbstherabsetzung.

Einmal ist er – und ich sehe mich dabei wie von außen – im Oberseminar seines Doktorvaters nicht aufgestanden und hinausgegangen, als von den gewählten Studentenvertretern ein Vorlesungsboykott beschlossen worden war. Das Oberseminar wurde abgehalten. Er war nicht aufgestanden. Er war geblieben. Nicht einmal aus einer taktischen Überlegung wegen des Studienabschlusses, sondern aus einer ihm anerzogenen Höflichkeit, aus Verbindlichkeit, worüber er sich später um so mehr ärgerte. Die Schwierigkeit, sich zu verweigern, wenn erst einmal eine Einvernehmlichkeit hergestellt worden war. Auch aus diesem Grund hielt er sich von privaten Einladungen fern, was als Arroganz ausgelegt wurde.

Die Relikte des angestrebten sozialen Aufstiegs, sie stehen in meiner Abstellkammer, Reitstiefel, Fechtmaske und Florett.

An einem späten Nachmittag im Sommer, im Juli, die Luft war vom Duft der auf dem Gelände stehenden Linden erfüllt, kam ein Mann mit einem Schimmel die Wolfenbütteler Straße herunter. Er hielt das Pferd, das kein Halfter trug, mit dem Arm um den Hals gefaßt, nicht allein, um es zu führen, er hielt sich an dem Pferd fest, betrunken, wie er war. Das weiße Hemd hing ihm aus der Hose, und er sah nicht wie der Besitzer eines Pferdes aus. Ich fragte ihn, woher er das Pferd habe. Der Betrunkene wurde wütend, ließ das Pferd stehen und kam drohend, wenn auch schwankend auf mich zu. Ein Freund, mit dem ich unterwegs war, konnte ihn beruhigen, er beruhigte ihn, indem er das Pferd streichelte, keine Fragen stellte, nur das Pferd beschrieb, die Flanken, die Fesseln, den hohen geraden Widerrist.

Der Mann ging mit dem Pferd weiter in die Stadt hinein. Den Arm hatte er dem Tier wieder um den Hals gelegt, wie zwei Freunde gingen sie dahin.

Erst da verstand ich, wie dumm meine Frage, diese versteckte Besitzfrage, gewesen war und wie berechtigt die Wut des Betrunkenen.

Seit meinem Weggang von Braunschweig habe ich, obwohl ich im Sommer oft ins freie Land gefahren bin, auch neun Jahre auf dem Land gelebt habe, keine Lerche mehr singen hören.

Er schien mir aufgehoben in seiner Familie. Aufgehoben, weil er nur selten an Wochenenden im Kolleg blieb, meist fuhr er am Freitag, gleich nach der letzten Unterrichtsstunde, also offensichtlich gern, nach Hannover, per Anhalter oder mit der Bahn. Und wie er fuhren auch die anderen nach Hause. Leer waren am Wochenende die Wohnhäuser, leer auch der Park.

Hin und wieder kochte er im Kolleg Pudding, Schokoladen- und Vanillepudding, nicht aus Tüten, sondern mit einem Schneebesen angerührt. Und all die Bewegungen waren gezielt, ruhig und sicher. Pudding hatte er hin und wieder für seinen kleinen Bruder gemacht, wenn der traurig war. Eine eigentümliche Situation. Von der Stiefmutter erzählte er nie, auch kann ich mich nicht entsinnen, daß er irgendwann einmal von seiner Mutter gesprochen hätte, an die er eine recht genaue Erinnerung gehabt haben muß. Sein Vater arbeitete als technischer Revisor, hatte er mir erzählt, und in einem Merkblatt über die Einkommensverhältnisse der Eltern von Kollegiaten lese ich, daß er 663 DM im Monat verdiente. Sie müssen als sechsköpfige Familie, die Stiefmutter bekam später noch ein Kind, sehr bescheiden gelebt haben.

Auch darüber sprach er nie. Geld. Keine Klagen, auch das gehörte zu dem Eindruck von sanfter Stärke, stillem Fürsichsein, das zuweilen in eine Schwermut glitt, unerreichbar erschien er dann. Versunken in sich, reagierte er auf Fragen nur mit Verzögerung und so, als kämen die Schallwellen aus weiter Ferne.

Dieses dunkle Verstummen, das In-sich-Hineinsinken, hing, so meine Vermutung, auch mit dem frühen Verlust seiner Mutter zusammen.

Wir waren nachts aus dem Kino gekommen. Es regnete, und in meiner Erinnerung ist es ein Novemberregen, matschig zertretene Blätter auf dem Gehweg, Autoscheinwerfer, die sich im Asphalt spiegeln. Vor einem Haus sahen wir am Straßenrand einen Sessel, ein Küchenbord, ein, zwei Stühle und weitere Gegenstände stehen. Sperrmüll. Eine Lampe fiel auf, eine Stehlampe, mit einem durchnäßten großen Stoffschirm, der unter der Glühbirnenfassung gefältelt war und mit einer Kordel zusammengezogen werden konnte. Vielleicht war jemand umgezogen, vielleicht jemand gestorben – jedenfalls waren die Sachen hinausgestellt worden, standen da, in einem Weltverlassensein.

Auch die Dinge haben Tränen, sagte er. Ein Satz, der sich mir eingeprägt hat, ohne daß ich mich entsinnen kann, ob er noch hinzufügte, wo er den Satz gelesen oder gehört hatte. Ein Satz, an den ich hin und wieder in ähnlichen Situationen gedacht habe und jedesmal dann auch an ihn.

Jahre, Jahrzehnte später, 1995, im Frühjahr, wohnte ich für einige Wochen in New York, in der Bleecker Street, ich schrieb, tags, aber auch nachts, getragen von der Stimmung dieser Stadt, schrieb an dem Roman *Johannisnacht*, hörte das Jaulen der Feuerwehr und das elektronische Jodeln der Polizeiwagen, hin und wieder ging ich zum Fenster, ein großes Panoramafenster, und blickte hinunter auf das Dach der Sporthalle, auf dem Tennis gespielt wurde, Läufer und Geher ihre Bahnen zogen. Am Rand stand eine kleine Chinesin, muskulös, aber nicht sehnig, sondern wie abgepolstert, führte sie langsame genaue Karatebewegungen aus, die ein Mann, grauhaarig, ihr nachmachte, sie unterbrach ihre Vorführung und machte schnelle winzige Handbewegungen. In der Zeichensprache der Taubstummen erklärte sie die Bewegungen, wie er die Arme zu strecken habe, wie er sie kreisen lassen, wie er sie heben müsse, langsame, raumgreifende Bewegungen, die sich mit den knappen Zeichengesten ablösten, das Spreizen der Finger, das leichte Klopfen der Faust in die Handfläche, dann wieder die kreisende Bewegung des Arms, der genaue Ausfallschritt, das Zurückziehen des Körpers, Auspendeln des Kopfes. Aus zarten vogelhaften Zeichen wurden diese kalkuliert kraftvollen Bewegungen. Es war ein stummes Gespräch, ein Gestengedicht. Ich griff in das neben dem Fenster stehende Bord mit den Büchern, die von Mietern hier vergessen oder als zu beschwerlich auf der Weiterreise zurückgelassen worden waren. Ich zog, ohne weiter hinzusehen, ein Buch heraus. *Zerstreutes Hinausschaun*, von Reinhard Lettau. Schlug es auf und fand auf den ersten Blick diese Stelle: *So entschuldigte er die militärische Ordnung in meiner Küche mit dem Vergil-Zitat, daß die Dinge auch Tränen haben: ein Recht auf einen festen Platz, an welchem sie sich wohl fühlen.* Das sagt Herbert Marcuse zu Reinhard Lettau.

Seitdem wußte ich, wo ich nachlesen konnte, in der *Aeneis*.

Ich kenne niemanden, der ihn nicht mochte, der sein Feind gewesen wäre. Das könnte den Eindruck von Anpassung und Gefälligkeit erwecken, aber in seinem Fall war es die Zurückhaltung, er protzte nicht mit seinem Wissen, mit seiner Belesenheit, nicht mit seinen

Noten. Er war zugänglich, aber nicht mitteilsam. So ist es auch zu verstehen, daß viele im Kolleg, auch wenn sie mit ihm gut bekannt waren, nicht wußten, daß er schrieb.

Er malte, das wußte man. Er hatte am Kolleg auf Betreiben des Kunstlehrers eine Ausstellung seiner Bilder und Objekte gemacht, Trouvés aus Draht und Schrott und Wurzeln, Zeichnungen in surrealer Manier. Die Arbeiten waren interessant, aber nicht außergewöhnlich. Ich war überzeugt, daß seine Begabung im Literarischen lag, nicht in der Malerei oder Bildhauerei. Nach dem Abitur hatte er sich, wie ich jetzt hörte, an der Hochschule der Künste in Berlin beworben, war aber nicht angenommen worden.

Niemand aus unserem Jahrgang wollte, von ihm abgesehen, auf eine Kunstakademie. Und niemand, außer ihm und mir, wollte später schreiben, Prosa, Gedichte. Nur hatte ich, nachdem ich mich ihm entdeckt hatte, das auch den anderen offenbart. In der von uns herausgegebenen Zeitschrift, *teils-teils*, war ein Gedicht von mir unter meinem Namen, sein Gedicht hingegen unter einem Pseudonym erschienen. Er zögerte, hielt sein Schreiben noch im Halbverborgenen.

Ich hatte ihn in seinem Zimmer besucht, kurz nur, um etwas über unseren Diskussionsklub *Hortus obscurus* zu besprechen, war wieder hinuntergegangen und unten umgekehrt, um ihm noch etwas zu sagen, etwas Belangloses, schon damals Vergessenes. Als ich vor seinem Zimmer stand, hörte ich ihn toben. Ein Brüllen, Schimpfen, Fluchen. Auch schien er gegen Stühle, Schränke zu treten. Es war eine Pöbelei, ein berserkerhaftes Zwiegespräch mit einem Niemand. War ich gemeint? Ein rätselhafter Ausbruch. Unbeherrscht und laut, wie ich ihn nie gehört hatte und auch nicht mehr hören sollte. Ich ging wieder hinunter und in mein Zimmer. Ich habe ihn nie gefragt, worüber er sich derart erregt hatte.

Wir fuhren 1961 vom Kolleg im Bus nach Berlin, eine jener von der Bundesregierung finanzierten Informationsreisen, in der *die Wunden der geteilten Stadt* gezeigt wurden, vor allem sollte jeder auch einen Eindruck vom Osten bekommen, dem sozialistischen Teil der Stadt. Das war eine der Prämissen in den fünfziger, frühen sechziger Jahren deutscher Politik: Es gibt nur einen Staat. Die Bundesrepublik. Der Staat, den es nicht gab, wurde in Anführungszeichen geschrieben. »DDR«. Und es war 1966 ein politischer Skandal, als Wehner in einem Aufsatz die Anführungsstriche wegließ. Die deutsche Politik hatte etwas Irreales, was in der amtlichen Sprachfindung für den zweiten deutschen Staat, der keiner sein sollte, deutlich wurde: das *Phantom*.

Wir überquerten die Grenze des Phantoms – eine deutlich existierende Grenze. Mißmutige, schnarrende Grenzpolizisten fragten nach dem Grund der Reise. Eine Klassenreise nach West-Berlin. Das war verdächtig. Sie filzten den Bus, blätterten Bücher und Zeitschriften durch und beschlagnahmten einige. Mir wurde die Zeitschrift *Konkret* abgenommen. In

Berlin angekommen, sahen wir die vor drei Wochen errichtete Mauer, sahen Menschen auf Leitern vor der Mauer stehen und mit Tüchern Verwandten und Freunden zuwinken. Eine Frau weinte, erzählte, daß drüben ihre Schwester stehe und ebenfalls mit dem Kopftuch gewunken habe. Panzer waren aufgefahren, Jeeps, Lastwagen. Amerikanische GIs in schußsicheren Westen, den Helm auf, die Maschinenpistole in der Hand. Die *Frontstadt*, das war sie auch im Bewußtsein vieler Berliner.

Er war nicht mit nach Berlin gefahren. Er war nicht an Politik interessiert, und das war damals ein Ausflug in die deutsche Teilung, mit Vorträgen und Lichtbildschauen.

Ich kann mich an nur zwei Gespräche über politische Probleme erinnern. Einmal, als die Redaktion des *Spiegels* von der Polizei besetzt, durchsucht und der Herausgeber Augstein verhaftet wurde. Eine Einschüchterung von seiten der Adenauer-Regierung, ein Versuch, die Pressefreiheit zu beschneiden, darüber waren wir uns einig. War er mit auf dem Domplatz in Braunschweig? Und warum hatten sich die paar Leute mit Plakaten, die gegen die Durchsuchung des *Spiegels* protestierten, ausgerechnet auf dem Domplatz versammelt? Mit einem selbstgemalten Plakat dazustehen wäre mir peinlich gewesen – es entsprach auch nicht dem Selbstverständnis der *indifférence*, aber immerhin, ich war hingegangen.

Das andere Ereignis, und ich kann mich an seine,

an unsere Erregung erinnern, war die Ernennung von Wolfgang Fränkel zum Generalbundesanwalt, dem obersten Ankläger der Republik. Er hatte seine Tätigkeit in der Zeit des Nationalsozialismus verschwiegen, seine Gutachten, die darauf zielten, Freiheitsstrafen in Todesstrafen umzuwandeln. Dieser Wolfgang Fränkel erschien geradezu beispielhaft für die Situation der Bundesrepublik, in der – ein Geburtsfehler bei der Gründung – belastete Beamte übernommen worden waren. Entweder wurde die Täterschaft verschwiegen oder aber, wie bei dem Staatssekretär Globke, der die Kommentare zu den Nürnberger Rassegesetzen geschrieben hatte, billigend in Kauf genommen. Es waren die Staatsdiener in gehobenen wie in untergeordneten Positionen der Verwaltung, der Universitäten, des Militärs, des Geheimdienstes, der Polizei, die weiterarbeiten konnten, so auch Erich Duensing, Polizeipräsident in Berlin, ehemaliger Major und Ritterkreuzträger, der das Kommando an jenem 2. Juni 1967 innehatte: *Füchsejagen.*

Der hartnäckige Kampf mit einem Gemeinschaftskundelehrer, *Panzer-Rudi* genannt, Oberleutnant im Krieg, Schaper mit Namen, der schon mal sagte, wir haben wieder zu viele Juden im Land. Der offene Streit mit ihm, zäh und erbittert, und seine *taktischen Noten*, wie er das nannte, die mich runterstuften. Im Sommer, abends, kam er am Kolleg auf dem Fahrrad vorbei, in Langschäftern und kurzen Hosen, wie Rommel in Afrika. Der ihm wohl vorschwebte, wenn er die Wolfenbütteler Straße zum Kameradschaftsabend runterradelte, klein, vollgestopft mit allen nur denkbaren Haßgedanken. Da wurde nochmals die Schlacht bei El Alamein geschlagen – und gewonnen. Er füllte die Unterrichtsstunden, indem er über den Verrat redete, der dazu geführt hatte, daß der Krieg für Deutschland verlorenging. Der Mann unterrichtete auch an einem Gymnasium Kinder, die, wie er sagte, noch nicht von der *Schuldfrage* verdorben waren.

An den Streitgesprächen mit *Panzer-Rudi* beteiligte er sich nicht, saß da, schraffierte eine geometrische Figur, blickte kurz hoch und zu mir und schüttelte sacht den Kopf.

Die Schuld der Vätergeneration relativierte sich im Erzählen, nicht allein mit der immer gleichen Sprachfigur: *Das haben wir nicht gewußt*, sondern auch in dem ständig wiederholten Begründungszusammenhang, warum man so handeln mußte, wie es dazu kam, daß man noch nicht sehen konnte, was dann später eintrat, Kausalketten, die das Handeln als verständlich und damit auch selbstverständlich darstellten. Das Geflüster der Generationen hat nicht nur einen geschichtlich emanzipativen Aspekt, insofern bedrückende Machtstrukturen gedeutet und durch Witze und Wandersagen umgedeutet werden, sondern auch einen reaktionären, wenn es nachvollziehbare Entschuldigungserzählungen für das eigene und für das gesellschaftliche Verhalten weitergibt. Es waren die entlastenden Sprachformen, dem das selbstgerechte, emotional aufgeladene Bewußtsein zugrunde lag, man habe gar nicht anders handeln können.

Hatte ich das geträumt? Bundespräsident Lübke trat in Paris anläßlich eines Staatsbesuchs auf, hielt eine Rede, dieses hilflos biedere Gestammel, ich hätte versinken mögen, die spöttisch einvernehmlichen Blicke der Franzosen, die wußten, welcher Nationalität ich angehörte. Die Peinlichkeit, als ein andermal in einer Wochenschau eine Szene übertragen wurde, in der Lübke, zwischen Präsident Johnson und Präsident de Gaulle stehend, deren Hände wie zur Verlobung zusammenführte.

Groß geworden waren wir, meine Generation, meist widerständig gegen die Väter, die *gehorsam* ausgezogen waren, die Welt zu erobern, und den Krieg verloren hatten, die wissentlich oder nicht wissen wollend am Völkermord an Juden, Sintis und Roma beteiligt waren, auch dann, wenn sie nur *tapfer* gekämpft oder *fleißig* in der Rüstung gearbeitet hatten, die sich nach dem Krieg in die Umerziehung hatten schicken müssen, widerwillig, ihre befehlsgewohnte Lebensweise jedoch zäh in den Familien, Vereinen, Parteien behaupteten, Gehorsam forderten, die Lehrer, Richter, Staatsanwälte, Offiziere, die alle noch gedient hatten, Parteimitglieder gewesen waren und sich nun unter dem Druck der Siegermächte im Westen demokratisch wendeten. Wie überständig war der Anspruch, Nachfolger des Deutschen Reichs zu sein, eine DDR, die es nicht geben durfte, eine Grenze, die bis zur Memel reichte, wie kleinlich die Sprache, wie stumpfsinnig die Musik, die Heimatfilme, die einzig originäre Gattung der Zeit, in der Rudolf Prack mit Sonja Ziemann und Jagdhund, dem der Schwanz kupiert war, aus dem Bild in die Heide entschwand.

In Frankreich hatte sich der Existentialismus gegen die überholten Moralvorstellungen der Gesellschaft gerichtet und dann, nach der Besetzung des Landes durch die deutschen Truppen, gegen die Okkupanten, gegen den Faschismus, den deutschen wie den französischen. Vielleicht liegt darin der Grund, warum in Deutschland im Gegensatz beispielsweise zu England die existentialistische Literatur und Philosophie nach dem Krieg eine derartige Bedeutung bekam, es gab eine strukturelle Entsprechung. Im Nachkriegsdeutschland behaupteten sich die Eliten, die in der Nazizeit gedient hatten, mit ihren Tugenden: Pflicht, Gehorsam, Ordnung, Fleiß. *Arbeit macht frei.* Gegen diese Elite, gegen das *Establishment,* das von meiner Generation wie eine *Besatzungsmacht* empfunden wurde, richtete sich die Revolte, zunächst als emotionaler Protest, als eine individuelle, ästhetisch-moralische Revolte. Sie berief sich ähnlich wie Camus auf das *Leben*, ein freies, ein nicht durch gesellschaftliche Konventionen, Ideologien und durch religiöse Gebote geregeltes Leben. Ein Leben, das aus sich heraus, durch das allein sich selbst verantwortliche Individuum eine Moral schuf, wie sie in *Der Mensch in der Revolte* von Camus entwickelt wurde. Der Mensch in der absurden Welt anerkennt als einzig verbindlichen *und* verbindenden Wert den Kampf gegen den Tod, gegen Qual und Unterdrückung, im Namen einer diesseitigen freien Brüderlichkeit. Es gibt nur dieses eine Leben, im Hier und Jetzt, und keine ausgleichende Gerechtigkeit im Jenseits, darum die rebellische Beschwörung des Lebens, in deren Mittelpunkt die Freiheit und die Verantwortung des einzelnen stehen.

Zunächst waren es die Versuche, über ihn zu schreiben, um das Zufällige, das Absurde, das in diesem Tod lag, zu zeigen. Unabweisbar drängte sich der Vergleich auf: Meursault, der den Araber erschießt, wird vom Staat zum Tode verurteilt, den Polizisten Karl-Heinz Kurras spricht der Staat frei, mit der Begründung, es sei ein *Todesschuß aus putativer Notwehr* gewesen. Der Beamte habe sich durch einen Demonstranten, der angeblich ein feststehendes Messer in der Hand hielt, bedroht gefühlt. Keiner der Zeugen hat einen Demonstranten mit Messer gesehen. Und noch weit erstaunlicher ist die Urteilsbegründung, die zum Freispruch des Todesschützen Kurras führte: *Es hat sich sogar nicht ausschließen lassen, daß es sich bei dem Abdrükken der Pistole um ein ungesteuertes, nicht vom Willen des Angeklagten beherrschtes Fehlverhalten gehandelt hat.* Eine merkwürdige Parallele zu der Begründung, die der Freund Meursaults Schüssen auf den Araber gegeben hatte – die Sonne, das Aufblitzen des Stahls, eine reflexartige Reaktion. Nur daß hier die staatliche Gewalt sich rechtfertigt, indem sie versucht, dem Sinnlosen einen Sinn zu oktroyieren, und den Todesschützen freispricht, was das Sinnlose um so empörender erscheinen läßt.

Im gemeinsamen Protest, in der Revolte, wurde die *indifférence,* meine, vieler, überwunden. Wie Camus durch seine Mitarbeit in der Résistance seinen Sinn fand, so fand sich Sinn in dem Protest gegen den *Staat*, den man, weil so viele der alten *Staatsdiener* noch im Amt waren, kurzsichtig als dem faschistischen ähnlich sah. Das ist einer der Gründe für die mit der Revolte beginnende politische Diskussion, in der nach anderen Gesellschaftsformen gesucht wurde, was wiederum in das Engagement verschiedener unterschiedlicher Gruppen, Grüppchen, Parteien, Gewerkschaften mündete. Vielleicht wäre das, diese Öffnung in die politische Tat, daß, wie der Freund in dem Brief an den Direktor geschrieben hat, *der Mensch dem Menschen ein Helfer wird*, auch sein Weg gewesen, wenn er nicht auf dieser Demonstration, bei dem ersten Versuch zu handeln, den Tod gefunden hätte.

Der Freund war Christ, ging in die evangelische Gemeinde. Einer Diskussion darüber, ob und warum er glaube, entzog er sich, nicht aus Taktik, sondern weil die Fragen, so gestellt, nicht beantwortet werden konnten, es waren denn auch eher provozierende Fragen, er entzog sich *solch Ansinnen* durch ironische Kommentare. Sein Glaube war, vermute ich, sein Suchen nach Sinn, nach Tradition, ein Interesse an dem Neuen Testament, auch ein ästhetisches Interesse daran, wie die

Offenbarung, das Wort also, in der Malerei aufscheint, vielleicht auch eine Suche nach Gemeinschaft, gemeinsamem Handeln, aber auch das: die Frage nach der Schöpfung und nach dem Leben, das sich nach Geboten ausrichtet. Er handelte durchaus moralisch, ohne es herauszustreichen, eine Selbstverpflichtung. Übertreibungen und Lügen waren ihm fremd. Keine herabsetzende Nachrede über andere. Er lebte, wie ich glaube, keusch.

Mein Wunsch nach Konsequenz hatte mich von der Kirche, vom Christentum entfernt. Der eine unverstehbare, alle Widersprüche aufhebende Gott, welcher sich zum Ebenbild den Menschen schuf, der aber nach dem Sündenfall doch sein Ebenbild nicht sein konnte, unvollkommen wie das Geschöpf geworden war, der Widersprüchliche, Verzeihende, Strafende, das alles ist er, der Eine, Gott, der den Tod und die Sünde in die Welt brachte, als er den Menschen aus dem Garten vertrieb. Der Allwissende, der sich in seine Schöpfung verstrickte, weil er die Folgen nicht absehen konnte? Eines konnte der Herr der Schöpfung, der Allwissende, nicht wissen – was der Tod ist. Für diese Erfahrung mußte er den Sohn opfern.

Und warum hat Gott die Welt geschaffen? Um den Chor der Engel nach dem Sturz Luzifers wieder aufzufüllen? Hätte er nicht Engel schaffen können? Und warum dann ein Wesen aus einem Lehmkloß? Aus Langeweile? Ein Weltspektakel for pleasure?

Glauben muß sich schenken, sagte er, wie der Zweifel auch. Glaube ist nicht Besitz – vielleicht hatte er Pascal gelesen –, sondern ist in der unüberwindlichen Ferne zu Gott die Paradoxie. Das Köstliche ist der Zweifel. Köstlich? Ja, er erst gibt uns die Gewißheit unserer selbst. Sinn kann sich nur zusprechen, läßt sich nicht erzwingen. Wir sind Sinnsucher, sagte er, und fügte in seinem leicht ironisierenden Ton hinzu, so wie es früher auf dem Lande Knopfsucher gab, meist Alte und Kinder, die nach abgerissenen und verlorenen Knöpfen suchten.

Warum ist überhaupt etwas und nicht vielmehr nichts.

Er hatte nichts Eiferndes in diesen Diskussionen, die ich ihm mit meinen Fragen aufdrängte, ich, der nicht glauben konnte, nicht an einen alles überwölbenden Sinn. Wenn es denn diesen Sinn gab, dann sprach er sich dem Menschen nicht zu. Das war die Stelle in dem *Mythos des Sisyphos: Das Absurde entsteht aus diesem Zusammenstoß zwischen dem Ruf des Menschen und dem vernunftlosen Schweigen der Welt.*

Aber vielleicht war die Frage falsch gestellt, vielleicht war die Frage vernunftlos und das Schweigen vernünftig.

Was nicht gedacht werden kann, ist absurd.

Einmal habe ich den Freund betrunken erlebt. Er, der Alkohol nicht vertrug, hatte Wein getrunken, drei Gläser, jemand hatte ihm nochmals nachgeschenkt, und plötzlich war er von einer Munterkeit, die sich in Reden äußerte, in kühnen Vergleichen, Thesen, wie ich sie noch nie von ihm gehört hatte, er hatte sich das Mädchen eines anderen Kollegiaten ausgesucht und erklärte ihr, warum Frauen nach dem kybernetischen Modell weit komplizierter als Männer seien. Allein diese unfaßliche Tatsache, daß sie zwei Brüste hätten, aber nur ein Herz, sei doch ein Beweis. Das Mädchen, das große Brüste hatte, hörte ihm zu, lachte immer wieder und immer lauter, und schließlich tanzte er, der sonst nie tanzte, mit ihr, wild, das Mädchen verlor erst den einen, dann den anderen Schuh, und irgendwann stürzten beide in einem ekstatischen Wirbel zu Boden. Der Freund des Mädchens, ein Kollegiat der Parallelgruppe, hatte fassungslos die Verwandlung beider, vor allem die seiner Freundin, beobachtet.

In den zwei Jahren, die ich in Braunschweig lebte, war ich nie nach Hause, nach Hamburg gefahren. Ich wußte, wie schwer es für die Mutter war, auch wenn das Geschäft inzwischen schuldenfrei war, den Sohn zwei Jahre nicht zu sehen. Das war ihre Größe, ihre Liebe, nicht zu klagen, keine Vorwürfe zu machen, sie verstand, wie wichtig, wie notwendig diese Distanz für mich war. Es sollte ein Bruch sein, eine Veränderung in meinem Denken und Fühlen, der Versuch, ein anderer zu werden, sichtbar selbst in Details, ich trug keine Krawatten, das Ich, das auch im Laden die Kunden bedienen, also zum Kauf überreden mußte, wollte nichts mehr sagen, wovon es nicht überzeugt war. Nicht mehr lügen, nicht mehr übertreiben. Worte, die ich für mich und nach außen, um mich festzulegen, gebrauchte: Aufrichtig. Senkrecht. Die Stete.

Und ich wollte die Wahrnehmung schärfen, alles Flusige, Hurtige vermeiden, Intensität und Hingabe. Das Detail. Genauigkeit. Radikalität war ein Wort, das neu war und mit einer Kraft aufgeladen, die sich später durch die ständige Beschwörung von Radikalität verlor, erst wieder seine Bedeutung fand, als mit dem Radikalenerlaß 1972 politische Entschiedenheit verfolgt wurde.

Die gelebte *indifférence* des jungen Mannes, der ich war, die Abgrenzung von jeder sich formierenden Gruppe war verbunden mit der Weigerung, Gefühle zu zeigen, sich zu erklären, vor allem – sich zu binden. Die Bindungslosigkeit erschien als die Voraussetzung für die gewünschte intellektuelle Freiheit. Dem Freund wiederum fiel sie zu durch seine Zurückhaltung.

Das Ich, das ich war, glaubte seine Unabhängigkeit durch die Verweigerung von Dauer und fester Bindung in der Liebe zu finden, eine Haltung, die, wie erst später deutlich wurde, auch ihn, den Freund, betraf, durch meine bereitwillige und entschiedene Trennung von ihm, als wir das Kolleg verließen. Keine Bindung. Eine Zumutung dem anderen gegenüber, mit dem Wissen, sich selbst, vor allem aber dem anderen weh zu tun. Keine Sentimentalität. Unverständlich waren dem jungen Mann die Freunde, die, war eine Liebe zu Ende, frühere Freundinnen aufsuchten auf der Suche nach Tröstung und Nähe. Einige hatten sich über die Jahre in verschiedenen Städten regelrecht Notdepots angelegt für karge Zeiten.

Nach der Vorstellung des jungen Mannes sollten Abschiede endgültig sein, damit der Horizont frei war und etwas ganz und gar Neues begann.

Es war aber nicht nur Neugier, Erlebnishunger, genossene Bindungslosigkeit, tatsächlich verbarg sich im schnellen Wechsel auch die Angst vor dem Verlassenwerden, Angst vor dem Versagen, nicht der einzige zu sein, der zu sein ich mir wünschte, einzig und allein, unverwechselbar, nicht *austauschbar*, das vor allem nicht. Das ist der tiefe Schock aller, die verlassen werden, dachte ich, sie werden aufgegeben, weil eine andere Existenz reicher, interessanter, liebenswerter erscheint, und sei es nur für diesen Augenblick, den Abend, die Nacht. Der Trost, die eigenen inneren Werte seien nicht erkannt worden, ist keiner. Angst vor diesem Wettbewerb, der sich nie wieder so deutlich, so rein wie im Kolleg zeigte, mit den vielen ehrgeizigen jungen Männern, die schöne Mädchen wie Prädikate sammelten.

Einer von ihnen, der versuchte, ehrlich, bis zum Zynismus ehrlich zu sein, sagte, sie alle suchen zuerst die Gutaussehenden, Männer wie Frauen, jene, die größtmögliche Aufmerksamkeit auf sich ziehen, das zeigt die Geltung des Besitzenden, und diesen Besitz gilt es zu erkämpfen, langfristig und mit Energie, dafür gilt es, alles einzusetzen: die Herzlichkeit, Lebendigkeit, Intelligenz, Macht, den Reichtum.

Ich war davon überzeugt – und fand mich darin bestätigt in den Romanen, in den Essays von Camus und Sartre, von Simone de Beauvoir –, daß Nähe, Liebe nicht das Resultat von Belagerung sein dürfe, sondern sich spontan *ergeben* müsse. Kein Bereden, kein Gebalze, keine Versprechungen. Nur dies, das war der Wunsch: der glückliche Tag, der erste Blick, das freie Einverständnis.

1961 liebte weder der Freund noch ich, wir hatten beide noch nicht gefunden, was in der Literatur vorgesprochen war, in Gedichten, Romanen und von uns in unschuldiger Distanz, aber voller Erwartung *angelesen* war.

Wir lagen im Kennel, dem Bad unten am Fluß, lagen auf der Wiese, lasen uns abwechselnd aus der *Odyssee* in der Voßschen Übersetzung vor und konnten nach dem sechsten Tag in recht frei variierten Hexametern reden: *Fahre nun hin schwerdröhnender Laster in wechselvollem Getriebe.*

Ein Foto habe ich auf meinem Schreibtisch liegen. Es zeigt uns, den Freund und mich, im Freibad Kennel. Wir stehen in Badehosen, den damals modernen Dreiecksbadehosen, da, die Arme einander auf die Schultern gelegt, schlank, der Freund sogar mager, ein aufgeschossener junger Mann. Maßlos in unseren Vergleichen – ich trainierte damals Speerwerfen –, nannten wir uns Patroklos und Achill, so hätten sie dastehen können, dachten wir, natürlich etwas muskulöser und kräftiger, aber sicherlich mit einem ebenso idiotischen Zwerg, der von den griechischen Schiffen herübergelaufen war, um sich hinter ihnen auf den Boden zu knien und zwischen ihren Beinen hindurchzugrinsen.

Der junge Mann, der ich war, saß am Fenster des Wohnheims und schrieb, draußen rauschte der Wind, und das Rauschen war wie das schäumende Brechen der Wogen. Er schrieb an einer Sprache der Liebe, an einem Versuch, der Distanz, der *indifférence*, zu entkommen, die er ja selbst gewählt hatte, ein Widerspruch, der doch sogleich hätte einsichtig sein müssen für ihn, es aber nicht war, weil er darin verstrickt und ohne Distanz zu sich war. Wie der Ironie, dieser feigen Form der Uneigentlichkeit in der Sprache, die sich dem Ausgeliefertsein, dem Hingerissensein verweigert, entkommen? Wie diese Distanz überwinden? Er wollte Abstand als Selbstschutz wahren und wünschte doch zugleich jede erdenkliche Nähe, Selbstaufgabe und Hingabe. Lust als Lust auch des anderen, ein Verschenken, das alles aufgibt, auch sich selbst, und doch bei sich bleibt.

Ich hatte sie in einem Konzert getroffen, ein Blick, sie stand vor dem Spiegel der Garderobe, sah sich in dem schwarzen Kleid und mich, wie ich sie ansah, dieser überraschte, aufnehmende Blick, der meinem begegnete. Ich konnte mich nicht auf die Musik konzentrieren, die Erinnerung weiß nichts von dem Komponisten, nichts von den gespielten Stücken, ein Kammerkonzert, vielleicht Brahms oder Beethoven, nur diese Erinnerung, daß ich dasaß und an diesen Augenblick dachte. Als alle zur Garderobe drängten, wartete ich, hielt Ausschau, sprach das Mädchen, als sie kam, an, befürchtete, sie könne sich einfach abwenden. Eine Absage erschien mir plötzlich wie ein schwerwiegender Verlust. Groß war sie, schlank, die Augen grün, die Haare mittelblond, ein sanft geschwungener Mund, und das Überstürzte, auch Hilflose des Überfalls ließ sie fahrig den Mantelärmel verfehlen, die Handtasche fiel zu Boden, denn auch sie fühlte sich beobachtet, war mit einer Freundin in dem Konzert, die nun wartete, und ich, bei dem Versuch, die Tasche aufzuheben, stieß mit ihr zusammen, leicht nur, entschuldigte mich, fragte, ob sie jetzt noch Zeit hätte, etwas zu trinken, worauf sie nach einem kurzen Zögern sagte, sie müsse gehen, jetzt, nach Hause. So schlug ich vor, uns am nächsten Tag zu treffen, in einem Café, wohin ich mit zwei Freunden ging und in das sie eine Freundin vorschickte, die ich, als sie suchend herumging, ansprach, unsicher geworden, ob die Erinnerung trog, worauf die Freundin aus dem Café lief und ihr berichtete, der hat mich sofort angesprochen. Sie war dann doch ins Café gekommen und danach mit mir – und später oft – in das Zimmer, von dem aus man, wie ich versprochen hatte, eine kleine rote Rangierlok in der Ferne sehen konnte, die geschäftig hin- und herfuhr. Man mußte im Bett nur ein wenig die Oberkörper heben, die Ellenbogen aufstützen, um die Lokomotive zu sehen, und man konnte sich wünschen, was man wollte, wenn man die richtige Seite ihres Erscheinens, von rechts oder links, erraten hatte.

Die Neugier auf den anderen Körper. Diese Abweichungen – die so staunenswerten Abweichungen.

Wir lagen im Zimmer und hörten das Kommen und Gehen auf dem Gang. Nach zehn Uhr war der Besuch von Frauen im Kolleg verboten. Geflüsterte Gespräche in der Nacht. Die beglückenden Zeilen von Hofmannsthal. Über das Gelesene das eigene Begehren entdekken. Aus der Erinnerung und einander korrigierend, wann und wie Oskar Matzerath mit dem abgeschnittenen Stück des Kokosläufers Schwester Dorothea überrascht. Wer sagt das: *Deine Lippen haben Augen*? Die tastende Neugierde. Dieser Versuch, jetzt, Erinnerung an Vergangenes, die nicht einfach notiert, sondern gefühlt und wirklich wird. Ihre Zurückhaltung. Ihr Empfinden für peinliche Situationen. Ihr Hadern mit dem Namen Jutta. Ihre Erkenntnislust. Ihre alles überwindende Entschiedenheit für uns. Voller Mut noch bei meinem Weggehen. Das Wunschkind.

Zu den Fragmenten einer Sprache der Liebe gehören Lieblingsworte, gegenseitig abgefragt: Speisen, Filme, Bücher, Städte, Blumen, Vögel.

Die Amsel ist ein einfacher Vogel, schreibt der Lyriker Rainer Malkowski. Vielleicht haben wir, meine Mutter und ich, das Kind, die Amsel aus diesem Grund Otto genannt.
Später, in Paris, hatte ich einer Frau von diesem Namen Otto erzählt, den sie komisch fand, diese Vor- und Rücklesbarkeit, ein einfacher Name, und sie hatte mir erzählt, das sei, schon als Kind, ihr Lieblingsvogel gewesen, die Amsel, vielleicht, weil sie mit demselben Buchstaben anfing wie ihr Vorname, Alice. Aber das fand sie erst im Deutschunterricht heraus, denn auf französisch klingt *merle* nicht so schön wie Amsel.

Ein Paßfoto: auffallend die Augen, grüngraue Augen, groß, der Mund zart, eine hohe Stirn, eine Stimme, und das ist die körperliche Erinnerung, aufgerauht, eine Altstimme, im Kontrast zu der zierlichen Figur, so tief, als käme sie aus einem weiten Raum, ihr fehlerloses Deutsch mit seinem französischen Tonfall, ihre beim Sprechen leicht vorgeschobene Oberlippe, die Feingliedrigkeit, die doch von einer überraschenden Weichheit war, Rundung, hochansetzend, das Haar braun, aus der Stirn gekämmt und nach hinten zusammengesteckt mit einem Schildpattkamm oder offen getragen, ein wenig in die linke Gesichtshälfte fallend, rechts, wahrscheinlich vorgeschrieben für diese Aufnahme, das Ohr ein wenig freilassend, eine kleine, gerade Nase, beim Lächeln öffnet sich ein wenig der Mund, und, im Gedächtnis der Sinne, die Weichheit der Lippen, der Zunge, und die Worte: Wielands *Oberon*, Milchkaffee und Montpellier, die französische Revolte 1834, Malraux, Céline, Kleist, ihr Lieblingstext, die *Marquise von O.*, ihre Stimme, ihr Zuspruch, ihr Schweigen und ihre Bewegungen, sachte, entgegenkommend, so wanderten wir langsam, wir wußten nicht, wie, in dem Bett nach oben, zum Kopfende.

Zum ersten Mal gesehen hatte ich sie in der Metro, wie auch den späteren Pariser Freund Hinrichsen, der unter den dichtgedrängt Stehenden am späten Nachmittag von der Sorbonne mit all den anderen Studenten und Angestellten heimfuhr. Er stand und las, wie ich später erfuhr, einen mathematischen Aufsatz und wurde von den Aussteigenden zum Ausgang und von den Einsteigenden zurück in die Mitte des Waggons gedrängt. Ich wartete gespannt, ob der so versunkene und ohne aufzublicken Lesende einmal hinausgedrängt würde, aber kurz vor der Türschwelle drückten die Zusteigenden ihn wieder zur Mitte des Waggons zurück.

Wenig später traf ich ihn in der Maison de l'Allemagne, in der er wie ich wohnte, auf demselben Stockwerk. Und ich sprach ihn an mit dem Vorsatz, ihn kennenzulernen, und glaubte, er könnte mein Freund werden, und er wurde es – bis heute. Der glückhafte Blick, der erste, meiner, bei der Wahl der Freunde.

So auch der Blick auf sie, der Blick, der alles entscheidet, wie Roland Barthes schreibt: *Die Liebe auf den ersten Blick ist Hypnose.* Es ist nicht der gerichtete

Blick, sondern der angezogene, die Situation, die Frau in der Metro, die dasteht und sichtbar an etwas denkt, etwas Bewegendes, ein Innenlesen, was an den winzigen Veränderungen auf ihrem Gesicht zu sehen ist, die wie Wolkenschatten über eine Landschaft ziehen. Sie stieg ebenfalls in der Cité Universitaire aus.

Ein, zwei Wochen suchte ich sie, fuhr zur gleichen Zeit mit der Metro, ohne sie wiederzusehen, dann traf ich sie auf einem Faschingsfest in der Maison de l' Allemagne, entdeckte sie unter den verkleideten, geschminkten Gestalten – ich trug ein gestreiftes Fischerhemd –, die tobten, tanzten, tranken. Sie stand neben einem Mann an der Bar, trug etwas Schwarzes, ob Bluse, Cape oder Kleid habe ich nicht mehr vor Augen, um so deutlicher ihr Gesicht, ihr ruhiges Zuhören in dem sie umgebenden Tumult. Als sich ihr Partner einen Moment abwandte, um Wein zu holen, konnte ich ihr sagen, daß ich sie in der Metro gesehen hätte und es nicht dem Zufall überlassen wolle, weitere zwei Wochen zu warten, und schlug vor, sich am nächsten Tag zu treffen, nachmittags.

Ein kalter, windiger Februartag. Ich saß in dem Bistro mit dem Blick zur Tür und hinaus auf den Boulevard und war nicht sicher, ob sie erscheinen würde, ob dieser kurze Augenblick, ob die wenigen Sätze ausgereicht hatten, sie zum Kommen zu bewegen. Und auch das gehört jetzt mit zu der Erinnerung – als die Zeit schon verstrichen war, die Hoffnung schwand –, dieses Bild vor der verglasten Fensterfront: der leichte Schneeschauer, der vorbeizog, die körnigen, schnell wieder tauenden weißen Streifen am Bordstein, der graue, tiefhängende Himmel, der im Westen, woher der Wind kam, an einer Stelle aufgebrochen war, licht wurde, etwas Blau zeigte, und darüber leuchtend, plötzlich, von der dahinterliegenden Sonne angestrahlt, eine sich ins Blau türmende Wolke. Wie ein Versprechen schien mir das, und tatsächlich, wenig später kam sie, in einem dunkelbraunen Wintermantel, darunter einen hellen Seidenschal, schwarze Wollhandschuhe.

Ich hatte, als sie an den Tisch kam, ihre kalte Hand ein wenig länger als für einen Händedruck nötig festgehalten.

Eisig.

Ja, sagte sie und überließ mir ihre Hand für einen kurzen Moment.

Wir tranken Kaffee, sprachen über Wieland, über den sie ihre Agrégation schrieb, über den *Oberon*, der sich mit seiner Frau *Titania* erst dann wieder versöhnen würde, wenn er ein Paar fände, das den Tod einer Trennung vorzöge, und über ein Gedicht von Ingeborg Bachmann. *Erklär mir Liebe.* Sie erzählte von Malraux und von Lautréamont, von dem ich zum ersten Mal hörte, und von der Algerienpolitik de Gaulles. Und sie erzählte mir von Montpellier, ihrer Heimatstadt, einer Stadt am Meer wie Hamburg und doch so ganz anders, ich habe die Promenaden, die Straßen, die Palmen, ohne je da gewesen zu sein, vor Augen, allein durch ihre Beschreibung.

Der Himmel riß weiter auf, und die fernliegende

Wolkendecke färbte sich von der untergehenden Sonne orange. Es war schon dunkel, als wir gingen, in die Maison de l'Allemagne, zu mir. Es war eine Zeit, in der sich Zuneigung, Liebe, die plötzliche, überraschende, noch ungeschützt hingab.

Sie fuhr eine Veloflex, ein verstärktes Fahrrad mit einem kleinen Motor am Vorderrad, saß aufrecht, ein wenig den Kopf geneigt, fuhr in kühnen, kurzen Bogen zwischen den vor der Ampel wartenden Autos hindurch, noch eine Kurve und noch eine, sie hielt, stieg ab, schüttelte das Haar, ein Lachen, das jedes Grau wegwischte, so kam sie auf mich zu.

Ein paar Tage nur, vielleicht zwei Wochen, überstürzt und verwirrend verbunden, ohne Bedenken, bis zu dem Augenblick, als wir überlegten, einfach zu fahren, nach Deutschland, um dort zu heiraten.

Dieser Entschluß, gemeinsam nach Deutschland zu fahren, die anderen Bindungen abzubrechen, verschworen gegen den Rest der Welt, und danach wäre alles anders, neu, war ebenso spontan wie das plötzliche Zurückschrecken im Moment vor der Abreise. Der Abschied von dem geplanten Aufbruch hatte seinen Grund nicht in Zweifeln an ihr, nicht daß ich glaubte, die Bindung könne nicht von Dauer sein, oder mir selbst mißtraute in meiner Zuneigung, ich konnte es ihr nicht erklären, ich hätte ihr beschreiben müssen, was mir damals selber noch nicht klar war, wie sehr die *indifférence* ein Teil meines Selbst geworden war, wie sehr ich glaubte, Abstand und Ungebundenheit seien die Voraussetzung für mein Schreiben.

Es war ein Abschied von dem kaum Begonnenen, der fortan jedoch etwas bereithielt – das Unabgeschlossene, wie eine Momentaufnahme, in der alles geglückt erscheint, nichts Störendes, nichts Verdrießliches ist darin.

Ein Wort hätte alles lösen können. *Liebe*, das den Abstand, den Zweifel aufgehoben hätte. Es wäre der Kraftstoß gewesen, der mich, der sie, der uns in eine alles verändernde Vereinigung gestoßen hätte. Ich schwieg. Die Wortverweigerung war auch die Weigerung, nach Deutschland zu fahren.

Wir saßen, es war ein kühler Nachmittag, auf der Parkbank, und das Erinnerungsbild wiederholt den Schmerz von damals: ihre Gefaßtheit, die einer Erstarrung glich.

Am Rand des Fotos der Stempel, Faculté ist zu lesen, und oben links und unten rechts sind die kleinen Löcher von den Stahlklammern zu erkennen, mit denen es im Studentenausweis befestigt war, als sie es beim Abschied herauslöste und mir schenkte.

Der Freund, der eben in Mathematik promoviert hatte, war hier, in Paris, der Gefährte, im Durch-die-Stadt-Streifen, im Lesen, in den gemeinsamen literarischen Versuchen, Texte, die wir uns vorlasen, diskutierten, veränderten. Ganz ähnlich den Gesprächen in Braunschweig, aber doch in einem anderen Ton, spielerisch, in sprachlichen Verkleidungen, mit einem guten Sinn für die Trivialmythen. Unsere Selbstbenennung: King Kong und Godzilla. Lektüre: der Artikel von Susan Sontag über Camp in der Zeitschrift *Akzente*. Politische Aufsätze und Bücher.

An den Tischen der Mensa, in den Räumen der Sorbonne, der Studentenheime, in den Cafés wurde diskutiert, man mußte sich nur ein wenig zum Nachbartisch hinüberbeugen und hörte von dritter Welt, Aufstand, Angola, Vietnam, Cuba, Kapitalismus und Arbeiterklasse, Protest, Revolution. Draußen an den Cafétischen, auf den Bänken, in den Bibliotheksräumen lasen Studenten die Passagen über die Guerilla aus Clausewitz' *Vom Kriege* und Frantz Fanon, *Die Verdammten dieser Erde*, den auch wir lasen, wie auch B. Nirumand, *Persien, Modell eines Entwicklungslandes*.

Ein Buch, das mir, vielen und, wie ich jetzt erfuhr, auch dem Freund aus Braunschweig den Blick öffnen sollte für die von den USA strategisch erzwungene Unterentwicklung Persiens, eine Unterentwicklung, die zuvor im Bewußtsein vieler – auch in meinem – als bloß historische Zurückgebliebenheit verstanden wurde.

Wir schrieben im Café, manchmal an dem Tisch, an dem ich im Februar auf sie gewartet hatte, an einem politischen Theaterstück, ein Stück, das vom Publikum basisdemokratisch durch Abstimmung aufgelöst werden konnte oder, weitergespielt, ins dramatische Chaos führte. Wurde das Spiel aufgelöst, sollte politisch diskutiert werden. Das Stück wurde nie aufgeführt, natürlich nicht. Aber wir reimten und redeten, und manchmal, wenn wir wieder eine komische Wendung gefunden hatten, *In Bad Wiessee war es warm, bis der kalte Winter kam*, und lachten, dann dachte ich daran, wie ich hier im Februar auf sie gewartet hatte und wie wir an einem Abend, aus meinem Zimmer kommend und noch die Wärme des anderen spürend, den Freund gefragt hatten, was er uns raten würde, fahren ohne Rücksicht auf andere oder nicht fahren? Und er sagte: fahren, natürlich.

Wir schrieben an dem Stück, es war inzwischen Hochsommer, in der Luft wie Schnee der Weidensamen, und es fehlten noch knapp zwei Monate bis zur Rückkehr nach Deutschland, dann war das Jahr in Paris vergangen.

Einige Tage nach dem Tod des Freundes, Mitte Juni, traf ich sie auf dem Boulevard Raspail – zufällig. Wir hatten uns nach der Trennung fast vier Monate nicht gesehen, was ungewöhnlich war bei den häufigen Fahrten in der Metro, erstaunlich auch, weil es eine Mensa in der Cité Universitaire gab, allerdings war sie groß, die Sitzenden auf einen Blick kaum zu erkennen, und suchend umhergehen mochte ich nicht. Auch wußte ich, sie ging nur selten in diese Mensa. Auf dem Gelände, diesem weitläufigen Park, in dem die nach Nationen benannten Wohnheime lagen, traf ich sie nicht.

Sie wohnte in der Maison du Brésil, die ziemlich weit entfernt von der Maison de l' Allemagne lag.

Aber dann, wie in einem Film von Truffaut, kam sie auf ihrer Veloflex und hielt vor mir an der Ampel. Sie trug ein kurzärmeliges Kleid und, Jeanne-d'Arc-ähnlich, einen schwarzen Helm.

Sie nahm den Helm ab, in der kurzen Umarmung spürte ich mehr ihr Parfum als sie, heute wüßte ich gern, welches es war. Wir setzten uns in ein Straßencafé, und ich erzählte ihr von seinem Tod, so wie ich ihr schon früher einmal von unserer Freundschaft erzählt hatte.

Damals waren gerade in einer kleinen französischen Literaturzeitschrift mit dem Namen *L' arbre* zwei meiner Gedichte in französischer Übersetzung erschienen, die ich ihm, hätte er noch gelebt, sicher geschickt hätte. Wir saßen auf der Straße vor dem Café und blickten auf den vorbeirauschenden Verkehr des Boulevards, auf die Passanten, saßen nebeneinander und doch ein wenig einander zugewandt. Sie erzählte von ihrem Bruder, der im Außenministerium arbeitete, und von ihrer Arbeit, ihrer Agrégation, die sie abgeschlossen hatte, und von dem Mann, mit dem sie auf dem Faschingsfest gesprochen hatte, der wolle sie heiraten.

Und, fragte ich.

Sie machte eine kurze Bewegung mit der Hand, eine nicht deutbare Geste, trank ihren Kaffee. Ich fragte nicht weiter. Ich sah, wie braun sie geworden war. Ich kannte ihre Haut nur winterhell, und jetzt sah ich ihre Beine, braun, ihre Knie, nah, ihre Arme, braun, die

Hände, die Finger. Wir saßen, und es war ein Schweigen, einvernehmlich, als wären wir lange zusammengewesen – und doch waren es nur wenige Tage.

Sie stand auf. Wenn du magst, sagte sie mit dieser rauhen Stimme, ruf an, strich die Haare nach hinten und setzte sich den Helm auf. Mit einer knappen Kurve fuhr sie um einen parkenden Wagen herum. Eine Zeitlang noch sah ich ihren schwarzen Helm über den Autodächern, bis sie in eine Straße abbog.

Ich hätte sie anrufen können – aber ich habe es dann doch nicht getan, das war noch immer der *Fremde* in mir. So hielt der Verlust alles offen.

Ein andermal hatte ich dem Freund schreiben wollen, als ich im Theater *Odéon* eine Aufführung von Genets *Les Paravants* gesehen hatte. Im Theater kam es zu Tumulten, national gesinnte Franzosen pöbelten, Rauchbomben wurden geworfen, Prügeleien im Zuschauerraum. Das Spiel wurde unterbrochen. Als einige Zuschauer auf die Bühne stiegen, wurde der eiserne Vorhang heruntergelassen. Durch eine in den eisernen Vorhang eingelassene Tür trat Jean Louis Barrault heraus, stand auf der Rampe und bat die Zuschauer, sich das Stück zu Ende anzusehen. Es gelang ihm, das Publikum zu beruhigen. Der eiserne Vorhang ging hoch, es wurde weitergespielt. Kurz darauf begann abermals der Tumult. Es war, das wollte ich ihm schreiben, wie in *Kinder des Olymp*, dem Film, den wir gemeinsam gesehen hatten.

Erst langsam und während dieser Erinnerungsarbeit ist mir deutlich geworden, wie sehr ihn getroffen haben muß, daß ich unseren ursprünglichen Plan, gemeinsam nach Berlin zu gehen, kurzfristig änderte und zum Studium nach München zog. Die Lust des neuen Anfangs. Spontan war die Entscheidung gefallen und mit dem Freund nicht abgesprochen. Es muß ihm als Verrat an unserer Freundschaft erschienen sein, was mir eine romantische Vorstellung war: die Trennung nach den langen Braunschweiger Gesprächen, um irgendwann einmal literarisch voneinander zu hören, voneinander zu lesen, und sich dann – erst dann – wiederzusehen. Eine Trennung als literarische Bewährungsprobe.

Nicht sein Leben und Schreiben sollten ihn bekannt machen, sondern sein Tod. So einfach, so banal läßt es sich sagen. Ein Tod ohne Ankündigung. Ein Tod ohne Krankheit. Ein Tod als Zufall. Ein Tod als Opfer. Nicht einmal bewußt in Kauf genommen, wenn man davon absieht, daß er bewußt auf diese Demonstration gegangen war. Ein dummer Tod. Aber jeder Tod ist dumm, es gibt nur einige Abschattungen, die das Dumme mit etwas mehr Bedeutung, mit Wertung aufladen, eine dieser Wertungen ist der Opfertod, ein Tod, der andere vor dem Tod bewahrt. Das Empörende an seinem Tod ist das Zufällige. Das Absurde.

Der 2. Juni war ein Freitag. Der Schah, auf Staatsbesuch in Deutschland, fuhr an diesem Abend zusammen mit seiner Frau und dem Bundespräsidenten zur Deutschen Oper, in der sie die »Zauberflöte« hören wollten. Vor der Oper hatten sich ein paar tausend Demonstranten versammelt, die gegen den Schah und sein Regime protestierten. Der Polizeipräsident Duensing gab gegen 20 Uhr den Befehl, den Bürgersteig gegenüber der Oper zu räumen. In zwei Keilen ging die Polizei vor, schloß die gegenüber der Oper stehenden Demonstranten ein, knüppelte sie zusammen. Duensing verglich später vor der Presse seine Taktik mit einer Wurst, *deren linkes Ende stinke: Nehmen wir die Demonstranten als Leberwurst, nicht wahr, dann müssen wir in die Mitte hineinstechen, damit sie an den Enden auseinanderplatzt.*

Einige Demonstranten hatten sich in einen Parkhof der Krumme Straße 66/67 geflüchtet. Unter den dort von der Polizei verfolgten Demonstranten war auch Benno Ohnesorg. Der 26jährige, 1,83 große, dünne Mann fiel auf, er trug ein rotes Hemd. Eine Zeugin, die Studentin Erika Hörnig, beobachtete, *wie er versuchte, den Hof zu verlassen, wie er dabei mit den Händen beschwichtigende Gesten machte, wie er von zwei Polizisten mit Schlagstöcken daran gehindert wurde und wie ihn dann ein Polizist mit dem Knüppel auf den Kopf schlug. Ohnesorg drehte sich um. Dann kam ein Knall, den sie für das Krachen eines explodierenden Feuerwerkskörpers hielt. Ohnesorg brach zusammen. Die drei Polizisten schlugen weiter auf ihn ein. Als sie von ihm abließen, prüfte Erika Hörnig Ohnesorgs Puls und Augen und rief nach einem Ambulanzwagen. Auf*

einem erst 1970 vor Gericht verwerteten Tonband war der Befehl zu hören: »Schnell weg! Kurras gleich nach hinten! Los!«

Der 39jährige für die Politische Polizei tätige Zivilbeamte Karl-Heinz Kurras hatte mit einem Schuß aus der Dienstwaffe, einer Walther Kal. 7,65, Ohnesorg aus etwa eineinhalb Metern Entfernung über dem rechten Ohr in den Hinterkopf geschossen und die Schädeldecke zerschmettert. (...)

Gegen 22 Uhr 30 starb Benno Ohnesorg im Moabiter Krankenhaus. (Ulrich Enzensberger, *Die Jahre der Kommune I*, Berlin 1967–1969, S. 152f.)

Er heißt Grossmann und lebt in Berlin, nicht weit entfernt von dem Haus, in dem er vor vierzig Jahren mit Ohnesorg zusammen in einer Wohnung lebte. Frank Grossmann war zur selben Zeit im Braunschweig-Kolleg wie wir, allerdings war er in der Parallelgruppe. Zum Studium war er nach Freiburg und dann nach Berlin gegangen. Im Frühjahr 1967 hatte er eine Wohnung in Wilmersdorf gefunden und suchte Mitmieter. Zufällig traf er in der Mensa Benno Ohnesorg und dessen Frau Christa. Die beiden hatten gerade geheiratet und waren auf Wohnungssuche, und so zogen sie mit Grossmann und dessen Frau Rotraud Richter, die ebenfalls am Kolleg gewesen war, zusammen. Ein Zusammenwohnen ohne jeden ideologischen Anspruch.

Wir sitzen in seiner Dachwohnung und trinken Tee. Grossmann erzählt von den beiden, beschreibt ihn als den Zurückhaltenden und sie als eine vitale Frau mit großer Luftverdrängung, laut durch die Wohnung gehend, Unordnung und Lärm verbreitend.

Ruhig hingegen er, in sich gekehrt und dann, überraschend, ein witziger Kommentar. Man konnte mit ihm gut lachen, so beschreibt er ihn. Ob er Gedichte geschrieben habe, ob er überhaupt geschrieben habe, nein, das wisse er nicht. Auf jeden Fall sei das nie zur Sprache gekommen.

An dem 2. Juni, einem heißen Tag, waren Ohnesorg und seine Frau zu der Demonstration gegangen. Grossmann hatte gearbeitet, war dann in dem noch hellen Abend ebenfalls zur Oper gegangen, wo aber schon alles von der Polizei abgesperrt und die Demonstration aufgelöst war. Er sei zurückgekommen, habe sich auf die Haustreppe gesetzt und in der warmen Sommernacht auf die anderen gewartet. Christa kam zurück, sagte, Benno sei noch auf der Demonstration geblieben. Wann die Nachricht von seinem Tod kam? Das wußte er nicht genau. Er war zu Bett gegangen, alles war ruhig. Der nächste Morgen: Lärm, Türenschlagen, Stimmen, Telefonläuten, Weinen, Schreien, in der Wohnung ein Kommen und Gehen von Studenten, Journalisten, Freunden und Fremden.

Empörung, Wut, Ratlosigkeit, dann eine gerichtete Wut, eine Wut auf die Staatsorgane, auf die Polizei, auf den Regierenden Bürgermeister Albertz, auf die SPD, auf die Pressesprecher der Behörden, die zunächst alles herunterredeten, dem Toten unterstellten, er habe den Zivilfahnder angegriffen. Eine gezielte Desinformation

wurde verbreitet: Ein Polizist sei von einem Demonstranten mit einem Messer angegriffen und erstochen worden. Taxifahrer, die sich an der Verfolgung von Demonstranten beteiligten: Rübe runter. Radaubrüder. Rotes Gesindel.

Er hat viel bewegt – als Opfer. Das Foto, das ihn am Boden liegend zeigt, das in allen Zeitungen zu sehen war, das immer wieder abgebildet wurde, das ich in Paris sah, diese junge Frau über ihn gebeugt, ihm den Kopf haltend, das Blut auf dem Boden, dieses Foto hat, wie nur Bilder es vermögen, Empörung erzeugt. Wie ein anderes Bild aus der Zeit: die aus einem brennenden vietnamesischen Dorf fliehenden Kinder, vorn das Gesicht des durch Napalm verbrannten Mädchens, ein stummer Schrei.

Bilder, die sich ins Bewußtsein einsenken, eine hochverdichtete, aus sich heraus sprechende Situation zeigen und so rationale Einsichten emotional aufladen und an die eigene Handlungsfähigkeit appellieren. Ein Kraftstoß, der nicht durch Einsicht immer wieder erneuert werden muß, sondern langanhaltend wirkt: Du mußt dich ändern. Du mußt etwas tun. *Es genügt nicht, daß der Gedanke zur Verwirklichung drängt, die Wirklichkeit muß sich selbst zum Gedanken drängen.* Ein Satz aus den *Frühschriften* von Karl Marx.

Das Foto, das ihn, den Sterbenden, am Boden Liegenden, zeigt, versammelt in sich christliche Motive. Diese Frau in einem festlichen schwarzen Umhang, das schwarze Gewand läßt die Arme frei, so kniet sie neben ihm, und der Blick geht nach rechts oben, die Assoziation ist naheliegend: eine religiöse Ikone. Spricht sie zu jemandem? Bittet sie um etwas? Dieses Bild zeigt die Opfersituation, auch die Zuwendung, Verzweiflung angesichts der Ohnmacht gegenüber dem Faktischen, der Gewalt, dem Tod, all das verwandelte den schon vorhandenen, aufgestauten Unwillen in den Willen zur Tat. Die Zeit war, wie es heißt, reif. Aber damit es zu solchen Wetterschlägen kommt, ist eine besondere Situation nötig, eine besondere Person, ein besonderes Bild, das sich im Bewußtsein verankert, das Erkennen mit dem Gefühl auflädt, was wiederum die analytisch gewonnene Erkenntnis *befeuert.*

In den vergangenen Jahren hatte ich einige Male versucht, den Namen der Frau, die auf dem Foto neben ihm kniet, herauszufinden. Es war mir nie gelungen. Bis ich jetzt, nach dem entschiedenen Vorsatz, über ihn zu schreiben, ihren Namen in einem Artikel erwähnt fand, daraufhin in dem Berliner Telefonbuch nachschlug und anrief. Eine Frau meldete sich, die nicht die war, die ich suchte, aber weiterhelfen konnte. Sie sei schon mehrmals angerufen worden, aber die Gleichnamige sei eine Übersetzerin aus dem Italienischen. Friederike Hausmann. Und so fand ich sie, und wie so oft ist das Gesuchte ganz nah, in München. Wir waren uns schon begegnet, ohne daß sie oder ich wußte, wer uns verband.

Sie kommt, ein Mißverständnis, genau eine Stunde zu spät in das Restaurant. Ich habe sie sofort erkannt, halblange Haare, die geschwungenen Augenbrauen, das Haar rechts ein wenig gescheitelt, blaue Augen, älter geworden, natürlich, aber doch erkennt man unter diesem Gesicht das der anderen, der schönen jungen Frau, der *Engelsgestalt*, die neben dem Sterbenden kniet.

Sie erzählt von ihrem Leben, einem nicht so ungewöhnlichen Leben für unsere Generation, von ihrem Studium, ihrer politischen Arbeit, von dem Berufsverbot, das sie als Lehrerin bekam, wie sie sich durchgeschlagen hat, nach Italien gegangen ist, auf einer Insel mit einem Fischer zusammenlebte, von ihm ein Kind bekam, mit der Tochter nach Deutschland zurückkehrte. Jetzt übersetzt sie aus dem Italienischen und Lateinischen, schreibt Bücher, die *Kleine Geschichte Italiens von 1943 bis heute* und *Die deutschen Anarchisten von Chicago.* Einen Moment ist da der Gedanke, es sei durch die Berührung des sterbenden Freundes sein literarisches Leben auf sie übergegangen. Ein kindlich magisches Denken. Nach diesem Abend, dem 2. Juni 1967, befragt, erzählt sie, daß sie alles wie in einem Tunnel in Erinnerung hat, dunkel, obwohl es doch gegen 21 Uhr im Juni noch hell gewesen sein muß. Sie war mit den anderen in diese Richtung geflüchtet, in einen Hof, wo sie ihn am Boden liegen sah, sie schob ihm ihre Tasche unter den blutenden Kopf und rief nach einem Krankenwagen, nach einem Arzt. Das war dieser Moment und sonst wieder der Tunnel, die blutigen Hände, die sie wie unter Schock den Menschen zeigt, ein Irren durch die abendliche Stadt, über den Kurfürstendamm, bis sie nach Hause fand und sich dort die Hände wusch.

Sie kannte ihn nicht. Hat sich auch, was mich ein wenig überrascht, nicht weiter kundig gemacht, hat auch – wie ich – keinen Kontakt zu der Witwe gesucht. Es war ein Moment, der ihr Leben veränderte. Sie hat bei der Gerichtsverhandlung ausgesagt. Was sie noch immer beschäftigt, wie der Vorsitzende Richter sie durch eine einfache Frage aus der Fassung brachte. Wann geboren? Sie nannte das Datum. In welchem Lebensjahr sind Sie? Im 24ten oder 25ten. Das habe sie aus der Fassung gebracht, sagt sie, regelrecht eingeschüchtert. Den Tathergang, sagt sie, darüber kann sie nichts sagen. Sie kam in diesen Hof, da lag er am Boden, ein Polizist stand neben ihm.

Der Angeklagte Karl-Heinz Kurras wurde freigesprochen. Eine *putative Notwehr*. Der Freispruch sei der Skandal, dieser Freispruch, darin sieht sie den Ausgangspunkt für die Massendemonstrationen, daß die Justiz die Polizei schützte.

Aber ich denke, das war nur noch die Bestätigung dessen, worauf dieser Totschlag aufmerksam gemacht hatte, auf eine *Staatsmacht*, in der zahlreiche *Funktionsträger* aus dem nationalsozialistischen Machtapparat agierten. Die zwischen 1933 und 1945 verbeamteten Richter waren in der Zeit zwischen fünfzig und fünfundsechzig Jahre alt und besetzten die oberen Instanzen der Gerichte. Die Empörung über diese autoritären bis faschistischen Personen im Staatsapparat führte zu einer Radikalisierung der Protestbewegung.

Sie war später Sympathisantin einer der kleinen kommunistischen Gruppen geworden, und ich vermute, dieser Entschluß hing mit eben jenem Augenblick, als sie neben dem Sterbenden kniete, zusammen. Es war eine der Gruppen, die immer rigider, realitätsferner und damit auch zynischer agierten, kleine, in sich geschlossene Machtzirkel, auf Gehorsam und revolutionäres Pflichtbewußtsein eingeschworen, mit dem *Dominanzgehabe* der leitenden Kader, der Sprecher, von denen, sagt sie, heute etliche in Werbeagenturen arbeiten.

Zunächst war noch abgestritten worden, daß der Demonstrant durch einen Schuß umgekommen sei. Gewaltanwendung von Demonstranten. Unglücklich gestürzt. Angeblich war der Schußkanal zugenäht worden. Die Obduktion, der Anwalt der Witwe, Horst Mahler, war zugegen, brachte dann die Gewißheit. Tod infolge eines Schusses aus nächster Nähe.

Ich sitze im Lesesaal des Berliner Landesarchivs, vor mir eine abgegriffene Akte, Staatsanwaltschaft Band I, zum Fall Ohnesorg, mit einem blauen Aufkleber: *Geschichtlich wertvoll.*

Obduktionsbericht. C. Vorläufiges Gutachten

Der 26-jähr. Student Benno Ohnesorg ist an einem Kopfsteckschuß infolge der schweren Hirnschädigung und dem damit verbundenen Blutverlust gestorben.

Der Einschuß saß an der rechten Kopfseite, etwa in der Mitte des rechten Scheitelbeines, 7 cm oberhalb des Ohrenansatzes. Der Schußgang hatte die rechte Großhirnhälfte von hinten unten nach links oben durchschlagen. Das Geschoß fand sich in einer trichterförmig erweiterten Schußlücke in der linken Stirnbeinhälfte. Es handelt sich um ein deformiertes Nickelmantelgeschoß, anscheinend Kaliber 7,65 mm.

Ich lese die Zeugenaussagen von Polizisten, Demonstranten, Journalisten, Passanten. Zeichnungen vom Tatort. Flugblätter, die zur Demonstration aufrufen. Das Ergebnis des psychiatrisch-neurologischen Gutachtens vom Sachverständigen Prof. Dr. med. Cabanis zu dem Angeklagten Kurras wird in der Urteilsbegründung zusammengefaßt und liest sich wie eine Textprobe aus einem absurden Theaterstück. *Es lasse sich ebenfalls seiner Auffassung nach weder sagen, daß der Angeklagte in der aktuellen Situation nicht hätte anders handeln können, als er gehandelt hat, noch umgekehrt, er hätte anders handeln können, als er gehandelt hat.*

Ein Satz, über den der Freund gelacht hätte.

Jetzt, bei meinen Nachforschungen, habe ich auch seine Personalakte aus dem Kolleg lesen können. Die Akte hat eine merkwürdige Geschichte. Sie war, nachdem Ohnesorg erschossen worden war, aus dem Archiv im Braunschweig-Kolleg verschwunden. Niemand kann sagen, wer sie damals entnommen hat. Die Vermutung, daß sich die Dienststellen des Staatsschutzes für diese

Akte interessierten, ist naheliegend, andererseits hätten sie die auch auf dem Amtsweg anfordern können. Vielleicht sollte jedoch gerade dieser *Dienstweg* vermieden werden, damit die Öffentlichkeit nicht aufmerksam würde. Man wollte vermutlich in Erfahrung bringen, ob er schon früher politisch tätig war, auch das bei der Aufnahmeprüfung erstellte Persönlichkeitsbild war sicherlich von Interesse. Ebenso rätselhaft wie das Verschwinden der Akte ist auch, wie sie wieder auftauchte. Sie wurde ohne Absender einem Mitglied des Kollegrats, einer ehemaligen Kollegiatin, aus Hannover zugeschickt.

Ich saß in einem Raum des Kollegs und blätterte in den Unterlagen, sah seine Schrift, sein Paßfoto, sah die Auswertungen seines Intelligenztests, mehr als vierzig Jahre später. Der vertraute Blick in den Park, wenn ich den Kopf hob. Ich fand das Gutachten der Psychologin Frau Prof. Dr. Müller-Luckmann, erstellt im Jahr 1959, als er ein Jahr vor mir seine Aufnahmeprüfung machte.

Ohnesorg ist sehr sensibel, eindrucksempfänglich, vor allem in ästhetischer Hinsicht. Er wirkt indessen zwar zart in seiner ganzen Art, aber doch nicht weich oder unentschieden. Bei aller Verhaltenheit und auch Neigung zur Introversion, bei aller Neigung zum Schönen, ist er doch weder weich noch energielos.

Leicht wird es ihm zwar von Natur aus nicht immer fallen, sich dauerhaft anzuspannen, aber er hat deut-

lich wirksame Motive, sich weiterzubilden, aus seinem bisherigen Niveau herauszugelangen, und man kann ihm zutrauen, daß er dieselben zielstrebig verwirklicht. Seine Intelligenz ist gut; oft wird er zwar mehr reflektieren als sich äußern, aber er hat doch Sinn für das Wesentliche einer Sache. Mitmenschlich ist er kein schwieriger Partner, vielleicht manchmal geneigt, sich auf sich selbst zurückzuziehen, aber doch ansprechbar und auch kontaktwillig. Er hat durchaus Ansätze, jemand zu werden, der nicht ganz alltäglich ist.
Ohnesorg wird empfohlen.
(Dr. Müller-Luckmann)

Eine ganz erstaunliche Einschätzung, die aus einem halbstündigen Gespräch, aus den Deutungen von Zeichnungen, Schrift, Wortassoziationen gewonnen wurde. Und auch das hat seine Erfüllung gefunden, wenn auch so anders als vermutet: … *jemand zu werden, der nicht ganz alltäglich ist.*

Einem fiktionalen Text würde man verweigern, was ich beim Lesen der Gerichtsakte Ohnesorg fand, dieselbe Psychologin war als Gutachterin für den Prozeß gegen seinen Todesschützen bestellt worden. Zufälle, die den Anschein von einem sinnfälligen Muster haben und uns doch nur staunend befremden. Frau Prof. Müller-Luckmann schrieb, lese ich, es *lasse sich nichts Sicheres über die individuelle Disposition des Angeklagten in Hinblick auf potentielle aggressive Verhaltensweise sagen.*

Kurras hatte sich einem Test verweigert.

Zu dem Eignungstest in Braunschweig gehörte auch das Zeichnen eines Baumes. Der von ihm gezeichnete Baum liegt jetzt neben meinem Rechner. Ein in wenigen Strichen stilisierter Baum, der nicht versucht, eine bestimmte Baumart nachzuahmen, einen Laubbaum allenfalls. Blattlos ragen, filigran verzweigt, die Äste ins Offene. Eben das wird in der Kurzinterpretation eines anderen Psychologen als *unselbständig* gedeutet. Andere Attribute: *introversiv, weich, geschmeidig, Mangel an Selbstkontrolle* (etwas, was man ihm am wenigsten nachsagen konnte), *passiv sinnierend, geistig unsicher*, eine eher kuriose Beurteilung, die zeigt, wie beliebig, wie schlicht dieser Test war. Das ihn am genauesten kennzeichnende Psychogramm ist sichtlich das aus der Gesprächssituation von Frau Müller-Luckmann gewonnene.

Sein gezeichneter Baum führt mich wieder zu unserer gemeinsamen Lektüre. Wir lasen in den *Metamorphosen*, und ich habe die Stelle nachgeschlagen, in der Ovid die Bäume charakterisiert, die Orpheus auf dem Weg zu dem einsamen Berg begleiten, eine kleine botanische Studie: *Nächst diesen die zähe und den Bächen ergebene Weide, und den Wasser liebenden Lotus, und mit ihnen den immergrünenden Buchsbaum, nebst der zarten Tamarinde. Desgleichen die zwiefärbigte Myrthe und den Feigenbaum, mit seinen blaulichten Früchten. Auch du schleichender Epheu! kamest hierher und mit dir die blätterreichen Reben, samt dem schlanken, mit dem Ulmbaum begatteten Weinstock.*

So entsteht ein Wortwald, die Bäume folgen, wie in Orpheus' Gesang, der Sprache und kommen so zu sich selbst.

Vor einigen Jahren habe ich in einem Berliner Antiquariat eine Ausgabe der *Metamorphosen* von 1766 gefunden, übersetzt und kommentiert von einem Prediger namens Johann Samuel Safft. Ein Mann, der im Geiste der Aufklärung versucht, all die wunderbaren Verwandlungen durch lange Fußnoten auf den Boden der Tatsachen zu stellen, der ihnen also eben das nimmt, was den Mythen eigen ist, ein Bild, das übergeschichtlich aus sich selbst spricht. Beim Nachlesen dieser Stelle, an der Orpheus die Menschen, die Frauen flieht und sich auf einem mit nichts als zartem Gras bewachsenen Hügel niederläßt, lockt sein Saitenspiel die Bäume an mit der wunderbaren Beschreibung ihrer Eigenart. Und der Übersetzer und Kommentator mit dem sprechenden Namen Safft schreibt: *Wenn der betrübte Orpheus die Gesellschaft der Menschen fliehet, einen kahlen Berg zu seiner Wohnung erwählet, daselbst eine Eremitage anlegt und mit Blumen bepflanzet, so daß auch wilde Thiere daselbst einen Aufenthalt finden: so ist darinnen so wenig ausserordentliches, als in der Anlegung des Thiergartens bey Berlin; welchen die Musen eines Friedrichs gepflanzt haben.*

Es sind solche Stellen, an denen er mich beim Lesen begleitet, sein Lachen, seine Gesten mit der Hand, seine Kommentare. An dieser Übersetzung und ihren langen gelehrten Fußnoten, die alles Wunderbare vertreiben wollen, hätten wir unseren Spaß gehabt, wir hätten sie uns gegenseitig vorgelesen und bei entsprechenden Gelegenheiten daraus zitiert, verschworene Zitate der Gemeinsamkeit.

Nachschlagen wollte ich – und die Erinnerung an ihn spricht immer wieder auch durch Texte – in den *Metamorphosen*, wie Orpheus Eurydike, nachdem er sie durch den Gesang, das heißt durch die Sprache zurückgewonnen hat, ein zweites Mal verliert. Es ist nicht nur Orpheus' Sehnsucht, sie zu sehen, er will sich auch vergewissern, daß sie bei diesem letzten und beschwerlichen Stück Weges nicht strauchelt. *Hier kann sich der begierige Liebhaber nicht länger enthalten, nach seiner Gemahlin sich umzusehen, und ist für ihren Fehltritt besorgt. Er sieht sich also um, und sie verschwindet.*

Ein Erinnerungspfad, der zu der ersten Fassung der Arbeit über das Absurde führt, jene durchgerissenen Seiten, wo auf die Stelle der *Metamorphosen* verwiesen wird, in der durch Orpheus' Gesang die Qualen im Hades aufgehoben werden.

Als Orpheus auf so rührende Art sang, und die gerührten Sayten in seine Klagen mit einstimmten: so weinten alle Seelen, aus Mitleiden. Tantalus hörete auf, mit vergeblicher Bemühung, ein vor ihn flüchtiges Wasser zu suchen, und Irions Rad erstaunete. Die Vögel benagten unterdessen nicht die Leber des Tityus, und die Gefässe der Beliden stunden leer; du aber, o Sisyphos! sassest auf deinem Steine ganz ruhig.

Es ist dieser Moment zweckfreien Genießens, in dem Sisyphos sein sinnloses Tun unterbrechen kann.

Wer war Sisyphos? Weswegen wurde er bestraft? Es gibt mehrere Varianten in der griechischen Mythologie. Einmal ist er ein Straßenräuber, dann soll er der wirkliche Vater des Odysseus sein, ein andermal hat er die Geheimnisse der Götter ausgeplaudert. Sisyphos verriet das Versteck der von Zeus entführten Jungfrau Egina. Dann wieder ist er durch eine List dem Hades entkommen: Er überredete zu Lebzeiten seine Frau, ihn nach seinem Tod nicht zu beerdigen, und als die sich an das Versprechen hielt, überredete er die Götter, ihn zurückkehren zu lassen, um die Frau zu bestrafen und seine Beerdigung einzuleiten. Es wurde ihm gestattet. Sisyphos blieb bei den Lebenden, im Licht, in der Sonne, und mußte von Hermes gewaltsam in den Hades zurückgeholt werden. All diesen Varianten ist eines gemeinsam, Sisyphos ist der Listige, ein Trickser in der Götterwelt, und wird dafür von den Göttern mit dem ewigen Steinewälzen bestraft.

Im Mythos des Sisyphos sieht Camus das Gleichnis der absurden Existenz des Menschen. Die Wiederholung, die kein anderes Ziel als die Wiederholung hat. Kein Sinn ist daraus ableitbar, kein gesellschaftlicher und erst recht kein transzendenter. Die Existenz des Menschen ist, wie die Welt, sinnlos.

Sisyphos, der ohnmächtige und rebellische Proletarier der Götter, kennt das ganze Ausmaß seiner elenden conditio: über sie denkt er nach während des Ab-

stiegs. Die Klarsichtigkeit, die die Ursache seiner Qual sein sollte, vollendet zugleich seinen Sieg. Es gibt kein Schicksal, das durch Verachtung nicht überwunden werden kann.

Darin, in dieser Beschreibung, in diesem hohen Ton, in diesem Appell an Stolz, Verachtung, Aufbegehren, lag die Faszination, die das Buch auf eine ganze Generation übte, ein *Handbuch gegen Traurigkeit und Resignation*, wie Bruno Ganz schrieb, der diesen Text einmal vorgelesen hat.

Jetzt beim Wiederlesen ist diese Faszination nur in der Erinnerung nachzuvollziehen. Die abstrakte Frage, ob die Existenz einen Sinn hat oder nicht und ob der sich zuspricht, wird im Alltag ständig beantwortet. Es gibt einen praktischen Sinn, der sich mit Vehemenz gerade dort einstellt, wo die Existenz von der Sorge, auch der Fürsorge umgetrieben wird.

In Paris, an der ersten Fassung schreibend, interessierte mich besonders der ästhetische Aspekt, wie der absurde Prozeß, die Wiederholung, die kein sie transzendierendes Ziel hat, in dem Augenblick des interesselosen Wohlgefallens zur Ruhe kommt, im schönen Sinn aufscheint ... *du aber, o Sisyphos! sassest auf deinem Steine ganz ruhig.* Das wurde ausgeführt, ich weiß heute nicht mehr genau, wie und an welchen Beispielen ich das damals entfaltet habe, nur so viel, sie waren Camus' Beschreibungen der mediterranen Natur entnommen. Ein interesseloses Wohlgefallen, das sich von den Fragen nach dem Warum löst.

Diese in Paris geschriebenen, später in München

durchgerissenen und weggeworfenen Seiten sind nicht nur das Opfer einer nüchterneren Betrachtung geworden, sie wurden auch *verworfen* durch die Erfahrung des gemeinsamen Protestes, durch das bewegende Gefühl, mit uns fange etwas Neues an. Eine in der politischen Tat Sinn suchende Bewegung, die den Blick für das Vieldeutige, Sinnenhafte, eigenständig Ästhetische, nicht ganz unähnlich dem Bestreben des Pastors Safft, auf das gesellschaftlich Funktionale einengte. So verwarf ich die möglicherweise reichere, mehrdeutige, widersprüchliche Arbeit, um eine eher gradlinig interpretierende Neufassung zu erarbeiten, ausgerichtet auf den *Proletarier Sisyphos*, den es zu erlösen galt. Die Arbeit bekam eine Wendung ins Politisch-Aufklärerische. Sinn konstituierte sich als gesellschaftlicher Sinn. Das Absurde, das sich in der Revolte auflöste. Sinn, der sich in der gemeinsamen, solidarischen Tat einstellte.

Die Münchner Universität war besetzt worden, und an dem Tag, ich weiß nicht, an welchem, wurde der Lichthof mit seinen Emporen und Treppen zu einem Forum. Reden wurden gehalten, Musik spielte, Würstchen und Buletten wurden verteilt, Freibier, das jemand gestiftet hatte. Es wurde getanzt. In den verschiedenen Hörsälen gab es Arbeitsgruppen, zur Hochschulproblematik, zur Psychiatrie, zum Klassencharakter der Wissenschaften, zu den Befreiungsbewegungen in der dritten Welt. Franz Josef Degenhardt kam und wollte die *Internationale* auf der großen Orgel in der Halle spielen. Der Streikrat sollte ihm das Manual aufsperren. Ihr seid doch Revolutionäre, sagte er, das müßt ihr doch schaffen, das Manual aufzusperren. Es gelang nicht. Später habe ich mehrmals diesen Traum gehabt, ich hörte tatsächlich das Spiel, deutlich, so deutlich, daß ich mich zuweilen fragte, ob Degenhardt nicht doch gespielt hat. Es war eine Feier. Es war ein Moment, einer der wenigen, in dem das zusammenkam, was durch den Tod des Freundes mit ausgelöst worden war, tatkräftige Radikalität und Reflexion, Theorie und Poesie. Es wurde Lyrik gelesen, Rainer Werner Fassbinder trat mit Schauspielern auf, Revolutionslieder und Lieder von Schubert wurden gesungen – ein Durcheinander, eine anarchische Feier, die ihren Sinn in sich selbst hatte. Es hätte ihm, ich bin sicher, gefallen. Während ich mir nicht vorstellen kann, daß er sich in die kontroversen, zeitraubenden, teilweise wirklichkeitsfernen politischen Diskussionen über den allein richtigen Weg zu einer sozialistischen Gesellschaft ähnlich verstrickt hätte wie ich, zwei, drei Jahre später.

Ein Haus aus den fünfziger Jahren, einstöckig, oben die Wohnung, unten ein Ladengeschäft und rückwärtig ein kleiner Garten, in dem ein kräftiger Rosenstock weiß blüht. Der junge Mann öffnet, groß, mit einem dunkelblonden Haarschopf, den er zum Pferdeschwanz zusammengebunden hat, ruhige, gelassene Bewegungen. Ihm verwandte Menschen, mit denen ich vorher gesprochen hatte, glaubten, er würde nicht öffnen, weil er derart zurückgezogen lebe, hinter heruntergelassenen Jalousien, und den Tag zur Nacht mache.

Das Zimmer ist eingerichtet, wie man sich in den sechziger Jahren als Student eingerichtet hat – mit Möbeln vom Sperrmüll. Geblümte Sessel, ein Stoffsofa, ein Ofen, Schränke. Diese Möbel hier waren gepflegt, in all den Jahren so schonend abgenutzt, wie sie oft zu finden waren bei den Ausgebombten, den Flüchtlingen, die alles verloren und sich Stück für Stück neu eingerichtet hatten. Es waren Millionen, die sich nach der Flucht, nach dem Herumirren, nach den ersten Notunterkünften die erste einfache Einrichtung, die erste Möbelgarnitur leisten konnten. Wer kennt heute noch den Geruch der Möbelpolitur, mit der die Armlehnen der Sessel, die Stühle, die Kommoden, Anrichten abgerieben wurden? Dann das Polieren mit einem weichen Tuch. In dieser Wohnung lag ein Erinnerungsgeruch, obwohl der Sohn die Möbel sicherlich nicht polierte.

Was da stand, den Raum tatsächlich füllte, war vom Großvater angeschafft worden, nachdem dieser nochmals von vorn angefangen hatte, erst als Geselle in einer Schlachterei, obwohl er, vermute ich, den Meisterbrief hatte, da er nach wenigen Jahren bereits das Ladengeschäft eröffnen konnte. Sie hatten geschuftet, der Mann, die Frau, bis der Laden samt Wohnung, dieses kleine Reihenhaus, gekauft werden konnte und danach Stück für Stück die Einrichtung.

Er lebe hier gern, hier, in dieser Wohnung, in diesen Möbeln habe seine Lieblingsoma gelebt, und viele der Dinge seien genauso belassen, wie er sie vorgefunden habe. Er spricht mit Wärme von der *Lieblingsoma*, ganz anders als von seiner Mutter. Sehr impulsiv sei die gewesen.

Das ist doch gut.

Ja, für Außenstehende, Bekannte, Freunde, ja, aber nicht, wenn man ihr täglich nah war, so habe sie einmal, als sie einen Eimer Wasser beim Putzen umschüttete, ihm, der gar nichts getan hatte, eine runtergehauen. Das Impulsive an ihr, das verstehe er, sei auch das Spannende gewesen, was ihre Freunde und Freundinnen schätzten. Vielleicht auch der Vater geschätzt hatte, den er nicht kennt, nie kennengelernt hat, immer nur gehört von ihm. Für sie war sein Tod ein fürchterlicher, nie aufzuarbeitender Verlust. Ein Verlust, der in besonderer Weise auf den Sohn übertragen wurde.

Und so sammelt er, der den Namen eines Evangelisten trägt, Lukas, alles, vermag nichts wegzuwerfen, *hebt alle Dinge auf*, für immer und ewig, als Ersatz für das, was er verloren, nie kennengelernt hat, den Vater, aber auch für das, was die Mutter verloren hat, was deren Eltern, seine Großeltern verloren haben durch die Vertreibung aus Schlesien. Wer weiß, wie weit die Ängste in die Generationen zurückreichen und mit welcher Stärke diese Verlustängste übertragen werden. Der Vater, nie gesehen, auf den er immer wieder angesprochen wird. Und jetzt bin ich es, der fragt und gekommen ist, wegen des Vaters.

Er hat Tee gemacht, langsam, aber mit gezielten, ruhigen Griffen, nichts Aufgeregtes zeigt sich an ihm. Ich sage ihm, daß mir sein Eisbärenkopf aus Plüsch, der wie eine Trophäe am Schrank hängt, gut gefällt, weil er die Jagdtrophäen so listig parodiert. Ein Plüschtier aus seiner Kindheit?

Nein, den habe er in einem Geschäft entdeckt und gekauft und dann dort aufgehängt.

Genau das, denke ich, hätte auch er, der Freund, sein Vater, machen können.

Ein Zimmerspringbrunnen, blau, steht im Zimmer. Ziemlich scheußlich.

Ja. Aber lustig.

Einmal immerhin habe er es geschafft, sagt er, etwas wegzuwerfen, einige Dinge, die er Jahre zuvor vom Sperrmüll gesammelt hatte. Es habe ihn eine große Kraftanstrengung gekostet. Nach einem zähen, langen Kampf habe er es geschafft, die paar Dinge raus und auf die Straße zu stellen. Und dann stand ich, sagt er, da, hinter der Jalousie, und wartete, schwitzend vor Aufregung und Anspannung, bis die Sperrmüllabfuhr kam. Er filmte die Abholung auf Video. Sogar der Abtransport sollte noch aufgehoben werden, wenigstens auf dem Videoband.

Er weiß viel über sich, wahrscheinlich zu viel. Zum Abschied zeigt er mir die Kammer, eine Kammer, die vollgestellt ist mit allem möglichen Brauchbaren und Unbrauchbaren. Eine Kammer voll Gerümpel, wie die Geschichte der Großeltern, des Vaters, der Mutter.

So trägt er an dieser Katastrophe. Ein Schuß, der ein Leben auslöschte, das Leben der Frau zerstörte und das Leben des Nachgeborenen bestimmte. Aber es ist auch noch etwas anderes spürbar, eine tiefe Trauer, die keinen benennbaren Grund für sich kennt und darum nicht aufhört, Trauer zu sein.

Eine Kammer voller abgelegter, unbrauchbarer Dinge.

Es muß noch ein Haus geben, das Haus, in dem die Mutter gestorben ist, das ist ebenfalls vollgestellt mit den Dingen der Mutter, unverändert das Bett, in dem sie vor vier Jahren starb.

Das schier Unmögliche: Das alles wegzuschaffen, auszumisten. Aber eben das ist das falsche Wort. Es ist ja kein Mist, diese kleinen und größeren Dinge, Staubsauger, Wäschestangen, sie alle wollen gehütet sein, verlangen Schutz, sind nicht beliebig.

Auch die Dinge haben Tränen. Der Sohn kennt diesen Satz nicht, und doch hat er ihn wie ein Vermächtnis übernommen.

Die Geschichte von den Boschbildern, die sich die Mutter an ihr Krankenbett bringen ließ. All diese Höllenfiguren. Katholisch erzogen, aus Schlesien kommend, hatte sie sich von der Kirche entfernt, hatte gegen das Nachmittagsläuten der Kirchenglocken gekämpft, weil sie als Lehrerin nach dem anstrengenden Unterricht ihren Nachmittagsschlaf brauchte, hatte Eingaben über Eingaben gemacht, bis das Läuten abgestellt wurde. Aber jetzt, todkrank, betete sie, und der Gedanke an die Hölle trieb sie um. Was ist die Hölle? Wie kann man sich das Unvorstellbare vorstellen? Sie ließ sich Reproduktionen von Bildern des Hieronymus Bosch bringen. Was erwartet uns? Was erwartet mich danach? Die Hölle? Und dann sagt er mit einem kleinen Lachen, wahrscheinlich ist sie jetzt dort.

Als sie starb, das war das Erschreckende, sagt er, sah sie aus wie eine dieser Figuren von Hieronymus Bosch.

Das Überraschende für mich war, daß er die gleichen Gesten mit den Händen machte, etwa wie er die drei Finger, Daumen, Zeige- und Mittelfinger, zusammenhielt, und ebenso überraschend das Lachen, dieses leicht nach innen, mit dem Kopf leicht weggebogene Lachen – das war sein Lachen. Nie wurde mir so deutlich, daß offensichtlich auch Gesten, Mimik vererbt werden, denn Nachahmung konnte es nicht sein. Es gab nur Erzählungen über den Vater. Ein unkorrigierbares Gespenst, das am Tisch saß.

Das war für ihn der Vater: Benno, der Hochbegabte, Benno, der nichts mehr falsch machen konnte, mit dem man sich nicht mehr streiten, nicht mehr über Fehler lachen konnte.

Nach dem Tod der Mutter hatte er den Grabstein Benno Ohnesorgs abtransportieren lassen, um ihren Namen und das Geburts- und Sterbedatum einmeißeln zu lassen.

Der Grabstein ist bis heute nicht wieder aufgestellt, worüber sich Freunde und Verwandte ärgern, weil das Grab so namenlos und verwildert daliegt. Aber ist es nicht der Versuch, diesem Namen zu entkommen? Der Last des Schicksals, das, ohne eigenes Zutun, zum eigenen wird. Dieser Name, der an einem haftet, der auch die Mutter ständig an den Verlust erinnerte, sie, die überall und immer wieder darauf angesprochen wurde und die ihre späteren Lebensgefährten nicht heiratete, weil sie glaubte, den Namen und damit die Erinnerung an ihn, den Toten, auch öffentlich weiter tragen zu müssen. Darum das Grab ohne Namen?

Beim Hinausgehen – der Sohn hatte mir angeboten, mich zum Bahnhof zu fahren – sprach ich ihn auf den alten Rosenstock an, auf die weiß und schwer hängenden Blüten. Diesen Stock hatte noch der Großvater gepflanzt, der Metzgermeister, der mit Frau und Tochter vor der Roten Armee aus Schlesien geflohen und 1945 nach Hannover gekommen war. Eine Katastrophe wie Troja so fern, die Erinnerung an die Flucht, wie die Erinnerung an den Vater, die nun in der Kammer gehütet wird.

Jetzt fand ich – einer der Zufälle, die, je länger ich über ihn schreibe, sich häufen, also notwendig werden – in einem Band über Burma das Foto eines gewaltigen, runden, vergoldeten Steinbrockens. Dieses Foto hatten wir damals in einer Zeitschrift gesehen, war es *Magnum*?, in der noch ein anderes abgebildet war, das einer Frau, einer Tibeterin, die einen Säugling auf den Rücken gebunden trug. Sie war in einen braunen Umhang gehüllt, feingliedrig, nach Weihrauch duftend, behauptete er, als er mir das Foto zeigte, der Geruch habe sich sofort beim Betrachten eingestellt, auch wenn er sich von der Vernunft her sagen müsse, daß sie wahrscheinlich nach ranzigem Yaktalg röche. Daneben war das Bild mit dem gewaltigen, runden, vergoldeten Felsbrocken, vor dem eine Gruppe buddhistischer Mönche steht, die diesen gefährlich am Abgrund Liegenden anbeten. Es war einer unserer Zukunftswünsche, später, nach dem Studium, dorthin zu reisen.

In seinem Zimmer hatte er zwei Fotos stehen, eins von Samuel Beckett und eins von Guillaume Apollinaire.

Wir besuchten eine Konzertreihe für zeitgenössische Musik. Bei der Vergabe des Ludwig-Spohr-Preises für Komposition, als die Namen aller früheren Preisträger aufgerufen wurden und sich jeder, der anwesend war, erhob, meist waren es ältere Herren, hinfällig, die sich von den Stühlen mühsam hochstemmten, fiel der Name von einem offensichtlich abwesenden Komponisten, und bei diesem Namen, ich weiß nicht mehr, welcher es war, stand der Freund plötzlich auf, im dunklen Anzug, ein weißes offenes Hemd, wunderbar jung – rauschender Applaus.

Ich hatte – ohne damit Dozenten zu behelligen – eine Theatergruppe gegründet. Die dafür notwendige Energie hatte sich auch aus der Lektüre von *Wilhelm Meisters Wanderjahre* gespeist. In dem Roman war nicht nur der Bildungsprozeß Wilhelm Meisters zu verfolgen, sondern spürbar die Lust an der Verwandlung. Eine Lust, die sich als Mut, als Zuversicht auf den Lesenden übertrug. Lust am Lesen, am Sprechen, die Wortlust, die Lust am Gelingen. Daher auch die emotionale Gewißheit der Selbstverwandlung durch Literatur.

Der Theaterraum im Kolleg mußte wieder hergerichtet werden, Kollegiaten, die als Techniker ausgebildet waren, reparierten die elektrische Installation der Bühne. Wir machten Sprechbildung bei einer ehemaligen Opernsängerin. *Westwind wiegt wogende Wellen.* Intensive Proben. Wir spielten *Impromptu oder Der Hirt und sein Chamäleon* von Ionesco, probten Becketts *Warten auf Godot* und Martin Walsers *Zimmerschlacht*. Und erst jetzt, als ich seinen Brief an den Direktor des Braunschweig-Kollegs gelesen habe, in dem er sich auf Ionesco beruft, wurde mir deutlich, wie wir in unseren Interessen, ohne voneinander zu wissen, uns aufeinander zubewegt hatten. *Impromptu oder Der Hirt und sein Chamäleon*, ein, wie ich fand, wunderbar verrücktes Stück, in dem alle Sinnbezüge, ideologischen Ansprüche, alles Didaktische des Theaters ins Grotesk-Lächerliche gehoben wurde.

Den Freund hatte ich gefragt, und nur um ihn zu fragen, weil ich die Antwort schon wußte, ob er mitspielen wolle. Er lehnte ab. Schauspielern, sich auf die Bühne stellen, das war für ihn nicht möglich. Die Schwierigkeit, aus sich herauszukommen.

Sparsam waren seine Gesten, nichts, was nach außen griff, ein Spiel der Finger, eher auf sich selbst gerichtet.

Die Lektüre des von Enzensberger herausgegebenen *Museums der modernen Poesie*. Über eine Stelle in dem von Enzensberger übersetzten Gedicht *Zone* von Guillaume Apollinaire erregte sich der Freund. Die Stelle finde ich in meinem Exemplar angestrichen: *Hier sehn selbst die Autos aus wie Antiken / Nur der Glaube ist frisch geblieben und einfach wie / die Hallen am Flughafen von Orly.*

Hat der ’n Rad ab, das war sein Kurzkommentar, denn Orly gab es zu Zeiten Apollinaires noch nicht, und am Rand steht: très chic. Er hatte mir Enzensberger, dessen Gedichte ich sehr mochte, beschrieben, auf einer Lesung in Hannover hatte er ihn erlebt: jung, blond, mit einem Schillerkragen, munter, etwas Hurtiges sei in seinem Reden, sagte er, eine intellektuelle Häckselmaschine. Der Übersetzer, der aus *hangars de Port-Aviation* den *Flughafen Orly* gemacht hat. Nichts wußte ich, der noch nicht in Frankreich gewesen war, von alldem. Aber später, wenn ich in Orly landete, dachte ich an ihn und an Apollinaire: *Ici même les automobiles ont l’air d’être anciennes / La religion seule est restée tout neuve la religion / est restée simple comme les hangars de Port-Aviation.*

Enzensberger traf ich zum ersten Mal Jahrzehnte später. Ein Mann, schon über siebzig, der beim schnellen Reden mit dem Kopf, dem Oberkörper wie ein Boxer pendelte, ein Abducken, ein rechts und links Ausweichen, ein Vorschnellen, so trug er seine geistreich provozierenden Thesen vor, über Steuerrecht, Wörterbücher, das physikalische Problem des freien Falls, die Rechtschreibreform – ich dachte an dieses Wort – und wir *sehen* ja die Welt durch die Wörter – *eine intellektuelle Häckselmaschine.*

Der Freund kannte Frankreich, war in dem Land herumgekommen, mit der Eisenbahn, aber hauptsächlich per Anhalter. Das Trampen war die damals für Schüler und Studenten gemäße Form des Reisens. Er fand schnell jemanden, der anhielt, ihn mitnahm, während ich, damals mit einem Kinnbart, meist länger warten mußte. Er war weit herumgekommen in Europa, weiter als ich und andere aus dem Kolleg. Es waren die Reiseabenteuer, die nach den Sommerferien die Abende mit Erzählungen füllten. Wochenlange Trampreisen durch Frankreich, Italien, England, Irland oder Spanien. Man mußte sich nur treiben lassen, und so konnte die Reise in Ceuta im Gefängnis oder in einer Villa in Spanien enden. Aber meist waren es dann doch nur Jugendherbergen. *On the Road.* Vielleicht hätte er den deutschen Tramp-Roman schreiben können, über all die normalen und durchgeknallten Typen, die man unterwegs traf. Andererseits fehlte ihm dazu vielleicht doch die Wut, der verrammelte Eigensinn, das ungerecht einseitige Urteil, die rücksichtslose Empörung, die ihre von innen getriebene Sprache findet. Sein Schreiben war, wie er selbst, von sanfter, verwunderter Nachdenklichkeit, beließ dem Gegenstand seine Fremdheit.

Ein Foto zeigt uns auf einer Bank in London. Zwischen uns sitzt eine Chinesin, die Tochter eines Mandarins aus Hongkong. Sie war zum Studium der Kunst nach London geschickt worden. Kennengelernt hatten wir sie in der Tate Gallery. Wir standen vor Rodin, *Der Kuß*, diesem, wie wir fanden, in Marmor gemeißelten Kitsch. Der Freund sah das Problem in dem Bemühen Rodins um Modernität, das buchstäblich im Formalen steckenbleibt, die Thematisierung des Materials bleibt der Skulptur äußerlich, damit meinte er diese unbehauenen, grobschlächtigen Partien, aus denen sich der alte Kitsch wälzt.

Eine Frau kam in den Saal, die Gestalt eines Kindes, weißseidig gekleidet, seidigschwarz das Haar. Sie ging auf dieses marmorne Paar zu, um die beiden ineinander Verknoteten herum, eine Chinesin, uns höchstens bis an die Brust reichend, das halblange Haar hob sich in einer leichten Welle nach oben, sie trug ein ärmelloses mit Silberfäden durchwebtes Stehkragenkleid und einen Stein, einen haselnußgroßen Brillanten, lichtsprühend, an einem schlichten Goldkettchen. Die beige Handtasche schwarz paspeliert.

Sie sah uns stehen, sah uns sie ansehen, beobachten, ein freundliches Abwarten, was sie sagen, wie sie reagieren würde. Sie ging um diese Kußgruppe herum, und dann sagte er etwas, einen Limerick. Er konnte Limericks auf englisch spontan bilden. Sie lachte, ein eigentümliches Kichern, melodisch, leise und doch deutlich. Und zu sehen war dieser Blick – von ihm, von ihr.

Wir gingen in eine Cafeteria, und es war sogleich spürbar, wie zugewandt sie ihm war, wie sie, die vier, fünf Jahre älter war als er, als ich, sich von ihm Feuer aus ihrem Feuerzeug geben ließ, weder er noch ich rauchte, wie sie dabei seine Hand hielt, kurz nur darüberstrich. Wie er dieses fremde, freundliche Gesicht ansah. Sie erzählte von der politischen Situation in der Kronkolonie Hongkong, was mich interessierte, und von der Kalligraphie, was ihn interessierte, und dem Feng Shui, was uns beide interessierte und wovon ich zum ersten Mal hörte, was mich auch später noch erstaunte, daß man in einem modernen chinesischen Hochhaus eine breite Öffnung läßt, damit ein Drache seinen gewohnten Weg vom Berg zum Meer nehmen kann. Und beide waren wir willig Gläubige, ohne Zweifel Staunende.

Später saßen wir auf einer Bank. Das Foto zeigt ihn, schlank, in einem dunklen Anzug, darunter trägt er ein helles Hemd, den Kragen offen, wie von Helmut Lang eingekleidet. Heute würde man sagen, er sieht cool aus, nur das war er eben nicht, sondern vielmehr von einer zarten Empfindsamkeit, einem spürbaren Bewegtsein.

Ich ließ die beiden allein, traf ihn erst am Abend in der Herberge, als er einige chinesische Schriftzeichen in sein Journal übertrug. Am nächsten Tag sah ich ihn zufällig in einem Café, wie er redete, unangestrengt, unbemüht, und dann hörte ich dieses melodische Lachen von ihr, wie in einem französischen Film saßen sie, ins Gespräch vertieft, abgeschieden von allem und jedem. Und ich sah, daß sie, die Frau, wie man es sich nur wünschen kann, die treibende Kraft war, wie sie sich ihm entgegenlehnte, wie sie ihn berührte, beim Sprechen, immer dann, wenn er offensichtlich etwas nicht richtig verstanden hatte, wenn er sich vorlehnte und sie ihm dann abermals entgegenkam.

Nach der Englandreise fing er an, Chinesisch zu lernen. Er schrieb Briefe nach London auf englisch, und dazwischen setzte er die neu erlernten chinesischen Schriftzeichen. Schon vor der Reise nach England hatte er begonnen, die *Cantos* von Ezra Pound zu lesen, und die Frage nach der Bedeutung der darin auftauchenden chinesischen Schriftzeichen hatte ihn beschäftigt. In Braunschweig und in Hannover suchte er nach jemandem, einem Sprachkundigen, der ihm die Zeichen deuten konnte. Jetzt hatte er jemanden getroffen und, für ihn ganz ungewöhnlich, diese junge Frau angesprochen – geleitet von seiner literarischen Neugierde. Und so wie sie zusammensaßen, war es doch weit mehr, jetzt hatten sie alles Literarische hinter sich gelassen.

Erst später war das wieder in Sprache zu fassen, was sich im Moment des Erlebens dem Wort entzog. Ein Gedicht, das er mochte:

Meister Dogon (1200–1253)

Im Frühling eine Blume blüht,
Im Sommer ein Kuckuck ruft;
Im Herbst ein wunderbarer Mond,
Und im Winter Schneefall und offensichtliche Kühle.

In London kauften wir uns im selben Buchladen jeder ein Buch, der Freund *Finnegans Wake,* das er später, in Braunschweig, mit Hilfe eines Kommentars und verschiedener Wörterbücher las. Ich erstand einen Gedichtband, leinengebunden, in einem grauen Schutzumschlag, der Titel in großer Antiqua: schwarz *Four Quartets* und rot *By T. S. Eliot.*

Schonend gelesen, begleitet es mich seitdem stets in Reichweite.

An einem anderen Abend, einem der Abende, bevor wir die Frau aus Hongkong trafen, waren wir in einem großen Tanzschuppen, ich glaube in der Gegend von King's Cross. Ein Mädchen wollte ihn, der an einem Pfeiler stand und nicht tanzte, unbedingt kennenlernen. He looks like Hardy Krüger, sollte ich ihm ausrichten, Hardy Krüger, der die Hauptrolle eines deutschen Offiziers in dem englischen Film *Einer kam durch* spielte. Das Bild prägte sich ein, weil ich ihn plötzlich mit den Augen des Mädchens sah, wie er dasteht, nicht demonstrativ allein, sondern einfach fern von all dem Trubel, in sich gekehrt.

Gäbe es die Möglichkeit, eine Unterlassung in der eigenen Biographie zu korrigieren, so wäre es für mich die, einen Sprachkurs in England zu machen. Ich könnte sogar die Zeit, in der es möglich, ja sogar notwendig gewesen wäre, nennen, drei Monate im Sommer 1960, Juni, Juli, August. Der Sommer war für Pelzgeschäfte die *Sauregurkenzeit.* Auch die Finanzierung des Aufenthalts wäre zu der Zeit kein Problem gewesen. Mein Wunsch wäre von einer genauen, bis ins Detail gehenden Vorstellung bestimmt, hier aber rückwirkend: zwei Monate in London zu wohnen, als Untermieter bei einem Angestellten eines Teeimporteurs oder einem Lehrer. Ein Mann, der während des Kriegs auf einem englischen Zerstörer gedient hätte, vielleicht auf der *Eclipse*, der, wenn er nicht von dem Einsatz im Nordatlantik gegen die deutschen U-Boote erzählte, seine Sammlung erklärte, die kleinen *staffordshire figures*, die im Haus, auf Borden, Schränken standen, aus Ton gebrannte Figuren, die im 18. Jahrhundert für die Arbeiter und Kleinbürger die Porzellanfiguren ersetzten. Figuren, die in naiver Ausformung und Bemalung winkende Matrosen, Schäfer und Schäferinnen, aber auch historische Personen zeigen: Nelson, Wellington, Shakespeare, die Queen Victoria und Albert, auch Napoleon, in einem kobaltblauen Uniformfrack, ein wenig bucklig, und neben seinem Bein der Adler, sein Genius, der allerdings eher einem Lämmergeier ähnelt. Morgens in einer Sprachenschule gemeinsam mit Italienern, Schweden und Isländern englische Grammatik üben und mir eben diese Wunschform erklären lassen, ein Mädchen kennenzulernen, das aus Cambridge käme, rotblond, sommersprossig und pummelig, um mit ihm ins Kino, ins Theater zu gehen, ein Stück von Christopher Marlowe oder Samuel Beckett zu sehen, danach in einem Pub stehen und von einem jungen Mann, der vielleicht der Bruder dieser pummeligen rotblonden Schönen sein könnte, sich den Unterschied der englischen Biere erklären zu lassen.

All das mußte einzeln und über Jahre und nicht derart zusammenhängend nachgeholt werden.

Ich wünschte mir vor allem, diese Sprache mit ihren reichen Bildern, Flüchen, Wortspielen richtig zu beherrschen, und frage mich, was mich damals davon abhielt, diesem Wunsch nachzukommen, denn alles andere habe ich mit Zähigkeit und unbeirrt verfolgt. Wahrscheinlich war der Wunsch nicht dringlich genug. So ganz anders als bei ihm, dem Freund, der in derselben Zeit ein Jahr lang in Frankreich lebte. Sicherlich war es bei mir die Unsicherheit, die Furcht, sich dem Unbekannten auszusetzen, Furcht auch, die eben erst erworbene Sicherheit aufs Spiel zu setzen, und das – ich hätte in dem Sommer auf das Treiben in den Bars und am Strand von Travemünde verzichten müssen.

Durch ihn angeregt, las ich Mallarmé, Apollinaire, Verlaine und Rimbaud. *Das trunkene Schiff.* Wir hörten Kinski das Gedicht von Rimbaud vortragen. Eine Frau, die während des Vortrags hustete, beschimpfte Kinski, halt die Fresse, kotz nicht auf das Gedicht. In der Pause verschwand Kinski hinter der Bühne, und es begann ein Lärm, als würde Holz gehackt, Tische, Stühle zertrümmert. Die Frau, die gehustet hatte, verließ bleich den Saal.

Nach der Pause kam Kinski ruhig und gefaßt zurück auf die Bühne.

Es war die Frische des Erlebens, der Neugier, auch der Unschuld, noch war da kein Wissen von dem Betrieb, von Veröffentlichungen, Verlagen, Kollegen, Gruppen, ein offener weiter Horizont und ein Staunen, Staunen über das, was der Freund sagte, was wir uns sagten, wie das Gelesene weitererzählt wurde und wie es mich seitdem begleitet, wie dieser Satz: *Auch die Dinge haben Tränen.*

Hin und wieder begegnet er mir ganz unverhofft, und jedesmal ist er mir dann nah, in seinem Lachen, seinem Nachdenken. Jetzt, neu, ist das Bild der Wohnung seines Sohnes hinzugekommen. Dinge, die gesammelt wurden, aber ihren Platz verloren haben. Dieser Versuch, die Dinge zu trösten, ihnen Aufnahme zu gewähren. Ich bin sicher, daß er seinen Sohn, der nichts wegwerfen kann, der Dinge aufsammelt, verstehen, dessen empfindsamen Eigensinn gut finden würde.

Ich gehe durch eine Trümmerlandschaft, darin liegen einzelne größere Teile, erkennbar noch in ihrer Form, also auch in ihrer früheren Funktion, hier ein Treppenstück, dort ein Gesims, eine Wand steht noch mit einer Fensterhälfte, es könnte eine Kirche gewesen sein, ein Schloß, nein, doch eher eine Kirche von erstaunlichem Ausmaß, eine Kathedrale wahrscheinlich. Ich gehe mit dem Auftrag durch diese Trümmer, die Teile zuzuordnen, was mir nicht gelingen will. Eine Stimme, die seine ist, sagt, daß es keine Kirche sei, sondern ein Velodrom.

Wir hörten auf der Schallplatte Günter Westphal Gedichte von Gottfried Benn sprechen, unterlegt mit Jazz von Dave Brubeck. Wir hörten die Gedichte so oft, bis wir sie auswendig im selben Tonfall rezitieren konnten. *teils-teils das Ganze, Sela, Psalmenende.*

Es war kein Wettbewerb zwischen uns, nicht im Schreiben, nicht im Unterricht, nicht um Frauen. Das machte die Innigkeit dieser Freundschaft aus, diese ganz auf Sprache, auf die Dichtung gerichtete Gemeinsamkeit, in solchen Momenten, im Gespräch über ein Gedicht, war es eine Einheit ins Offene.

Die gemeinsame Lektüre von Ernst Blochs *Spuren*. Und darin insbesondere die der unheimlichen Geschichte *Die glückliche Hand*. Der Kaufmann Schotten wird, kurz bevor er zu einer Geschäftsreise aufbricht – wir schreiben das 18. Jahrhundert –, von einem Angsttraum gequält. In Michelstadt erbittet er sich von einem berühmten Rabbi einen Talisman. Der Rabbi gibt ihm nach einigem Zögern die auf dem abgeräumten Tisch stehende Kerze. Die Kerze spendet Schotten später das Licht, um in der dunklen Kammer eines Gasthofs dem Mordversuch des Wirts zu entgehen. Eine *verfinkelte* Geschichte, zu deren gutem Ende auch der Gebrauch der heiligen Sprache, des Hebräischen, als eines *Kassibers* gehört. Was uns daran gefiel, war nicht nur die sprachliche Fassung des verwickelt Unheimlichen, sondern auch die mystische Weltdeutung: *Kein Ding an sich ist schlecht, keines schon gut; es kommt auf den Griff an, der in*

Richtung bringt, der vielleicht sogar, manchmal, ins Dunkle, Verstellte und Ungewisse der Hintergründe vordringt. Und ein anderer Rabbi, ein wirklich kabbalistischer, sagte einmal: um das Reich des Friedens herzustellen, werden nicht alle Dinge zu zerstören sein, und eine ganze neue Welt fängt an; sondern diese Tasse oder jener Strauch oder jener Stein und so alle Dinge sind nur ein wenig zu verrücken. Weil aber dieses Wenige so schwer zu tun und sein Maß so schwierig zu finden ist, können das, was die Welt angeht, nicht die Menschen, sondern dazu kommt der Messias. Dabei hat auch dieser weise Rabbi, mit seinem Satz, nicht der krauchenden Entwicklung, sondern durchaus dem Sprung des glücklichen Blicks, und der glücklichen Hand das Wort geredet.

Philosophie interessierte ihn nicht im gleichen Maße wie mich. Sartre und Camus las er. Kant, in den ich mich vertieft hatte, fand er *knirschend trocken* und Nietzsche *zu aufgeputzt*, sein Schreiben fand er zu sentenzhaft. Was ihn dann doch *Menschliches allzu Menschliches* weiterlesen ließ, und zwar mit wachsender Begeisterung, war ein biographisches Detail – als ich ihm erzählte, Nietzsche sei in Turin einem vom Kutscher geprügelten Droschkengaul um den Hals gefallen und habe Ecce Homo gerufen.

Er erzählte mir einmal, wie er in Marokko in einem kleinen Ort Kamele gesehen habe, wie die liegend beladen wurden und sodann mit Stockschlägen an den

Hals dazu gebracht werden sollten, aufzustehen, und wie sich die Tiere unter den immer heftigeren Schlägen mit einem ächzenden Stöhnen, in dem alles Leid der Welt versammelt schien, erst auf die Hinterbeine und dann auf die Vorderbeine erhoben.

Ich habe fünf oder sechs Gedichte von ihm, die, wie ich dachte, in einer der unausgepackten Umzugskisten auf dem Dachboden liegen. Jetzt, während des Schreibens, wurde das Dach neu eingedeckt, alle Kisten mußten heruntergetragen werden. Ich habe gesucht, aber keines der Gedichte gefunden. Wahrscheinlich sind sie bei den zahlreichen Umzügen in den vergangenen vierzig Jahren verlorengegangen.

So bleibt nur dieses eine, das er im Sommer 1961, also noch zwanzigjährig, geschrieben und in der Zeitschrift *teils-teils* veröffentlicht hat, nicht unter seinem Namen, sondern unter einem Kryptonym, an dem sich seine Bewunderung für die irisch-englische Literatur ablesen läßt – er las in der Zeit Yeats, Beckett, O'Flaherty.

O'Neso

Anfortas

Schnee im Schädel da ist Schnee
Der Pfad hinab ist kalt – gefroren
sind die Gesichter
Geronnene Gedanken hängen in den Ästen

Kalte Füße blutleer setzen
In vergangene Spuren – erstarrte Blumen
Die dünne Haut
Gläserne Flächen spiegeln Wolken
Das Lid versperrt den Singsang der Tage
spannt über Mauern
graues Tuch – ein Hundston
würde dunkle Stämme zerspalten

Wo ist das Zittern lösender Schreie
die große Schmelze Wort

Die erstarrten Blumen in vergangenen Spuren, dieses Bild fällt mir ein, manchmal, im Winter beim Spazierengehen, wenn ich die Spuren von Profilsohlen im Schnee sehe. Eindrücke von Blumen. Und er ist mir nahe.

Das andere merkwürdige Bild: Ein Hundston würde dunkle Stämme zerspalten. Die dunklen Stämme, bedrohlich, erstarrt, die ein Hundston spalten könnte. Ein nie gehörtes Wort, und auch in Grimms Wörterbuch, in dem ich nachgeschlagen habe, ist es nicht verzeichnet. Ich habe dieses Wort mit den Gebäuden in Zusammenhang gebracht, in denen wir lebten und unterrichtet wurden, diesen massiv gequaderten, kasernenhaften Bauten. Tatsächlich nistete darin noch immer etwas von diesem Geist. Die riesigen Säulen, die nichts trugen, nur imponieren wollten, die langen Gänge, die hohen Klassenzimmer, die Wege zu den Wohnhäusern in Form einer Lebensrune, das bedrohliche Muskelgeprotze der Sandsteinfiguren am Portikus. Allerdings hatte die Natur etwas von diesem Stein gewordenen Größenwahn zurückerobert. Im Park stand eine siebenhundertjährige Linde, um die herum man einen Thingplatz angelegt hatte, der inzwischen von Farnen und Brennesseln zugewuchert war. Die Wurzeln hatten die Steinplatten und Quader gesprengt.

In den Ferien, über Weihnachten, über Neujahr, über Ostern, wenn alle nach Hause fuhren, blieb ich im Kolleg, genoß die Stille, das Alleinsein, das Schweigen, dieses Fürmichsein, sprach ein, zwei, drei Wochen mit niemandem, saß im Frühjahr am offenen Fenster, das sich zum Park öffnete, lesend, erschrak über Wörter, staunend und voller Bewunderung, nachts, und lauschte dem die Dunkelheit sprengenden Gesang der Nachtigallen.

In der von uns begründeten, aber nie über die erste Nummer hinausgekommenen Zeitschrift *teils-teils* haben wir über das Gefühl in der modernen Kunst und Literatur geschrieben. Jetzt, beim Wiederlesen, staune ich, was und wie er geschrieben hat. Es ist ein kleiner Essay über die fragmentarische Form, in dem er mit Notaten arbeitet und Zitaten aus seinem von mir so bewunderten Lektürefundus: Rimbaud, Valéry, Albrecht Fabri, Bazaine. Bis heute habe ich nie etwas von Fabri, von Bazaine gelesen.

Ein Zitat, das er lapidar mit *Paragraph 2* überschrieben hat, lautet: *Gustav Landauer: Es ist etwas anderes, ob ich das Krähen nachahme oder Kikeriki sage.*

So wie ich es heute lese, ist es die kürzeste Beschreibung des Realismusproblems, also dessen, was das Delirium der Nichtadäquanz von Sprache und Dingen ausmacht. Ein Problem, das mich damals nicht weiter beschäftigt hat, und auch der Name Landauer sagte mir nichts. Erst Jahre später, also nach dem 2. Juni 1967, in der antiautoritären Studentenbewegung, las ich Landauer, las von dem Leben und Sterben des pazifistischen Anarchisten, der nach dem Ende der Münchner Räterepublik im Gefängnis von Freikorpsleuten zu Tode geprügelt worden war.

Es ist eine der Fragen, die ich ihm gern stellen würde, wie und wo er auf Gustav Landauers Bücher gestoßen ist.

Ich lese, seit ich über ihn schreibe, auch mit seinen Augen, wie mit denen der anderen, der Frauen, der Freunde, deren Lesen mit zu meinem wurde. Hans Blumenbergs *Matthäuspassion* beispielsweise, jetzt, diese eben gelesene Stelle, sie wäre der Grund, die zwei Treppen in dem Wohnheim des Kollegs hochzusteigen und ihm dieses Satzwunder vorzulesen: *Wäre es nicht ganz unerträglich für den Leser, sollte der im Paradies mit wissend-lächelnder Hinterlist den Erkenntnisbaum sperrende Gartenherr nicht mehr identisch sein dürfen mit dem vom Sinai das erste Gebot seiner Eifersucht auf alle fremden Götter herabdonnernden Vulkanisten? Nein, das ist ein Gott, der mit der Kreatur schon zuviel erlebt hat, um mit den milden Mitteln noch etwas ausrichten zu können, der gerade die ägyptischen Generationen an sich hat vorbeiziehen lassen mit ihrer Servilität gegen die tierköpfigen Idole, gegen die Versprechungen fleischtöpfiger Genüsse für kultische Dienste.*

Alles ist für den Hörer und Leser auf immer verloren, wenn er aus den Geschichten nicht mehr die eine Geschichte zusammenbringt, in der er mit dem Einen sich als einen vorkommen lassen kann.

So wie ich mir jetzt aus Becketts *Molloy* die Stelle herausgesucht habe, die er mir damals in meinem Zimmer vorgelesen hat: *Sie heißen Molloy, sagte der Kommissar. Jawohl, sagte ich. Und Ihre Mutter, sagte der Kommissar, heißt sie auch Molloy? Ich dachte nach. Ihre Mutter, sagte der Kommissar, heißt sie – Lassen Sie mich nachdenken! schrie ich. Wenigstens stelle ich mir vor, daß es sich so abgespielt haben muß. Denken Sie nach, sagte der Kommissar. Hieß Mama Molloy? Wahrscheinlich. Sie muß wohl auch Molloy heißen, sagte ich.*

Einmal sahen wir Adenauer auf einer Wahlkampfreise in einem offenen schwarzen Mercedes die Wolfenbütteler Straße langsam hinunterfahren. Er stand in dem Wagen, in einem hellgrauen Staubmantel, und schwenkte einen schwarzen Hut, obwohl keiner der am Wegrand Stehenden winkte. Das Erstaunliche war die Gesichtsfarbe des Kanzlers, ein Karottengelb bis Gelbbraun. Offensichtlich war er mit einer Bräunungsmilch eingerieben worden, allerdings nicht gleichmäßig, denn an der Seite, zum Ohr hin, war er deutlich weiß mit einem Stich ins Grünliche. Eine Erinnerung wie aus einem Film.

Kurz bevor ich nach Paris aufbrach, mit einem Koffer und der kleinen Reiseschreibmaschine, war ich noch einmal in dem Keller der Knorrstraße, der genaugenommen kein Keller war, sondern eine kleine Halle in einem Industriegebiet, im Norden Münchens gelegen. Dort tagte der Sozialistische Deutsche Studentenbund. An dem Abend wurde lange und heftig über den Bewußtseinsgrad der Arbeiter in Deutschland diskutiert. Fraktionen hatten sich gebildet, die eine behauptete – und berief sich auf Herbert Marcuse –, die Arbeiter seien längst Teil dieser Gesellschaft, die von der Ausbeutung der Länder der dritten Welt lebe, die Arbeiterschaft wisse das und sei darum für eine revolutionäre Umwandlung der Gesellschaft abzuschreiben. Die andere Gruppe, die Traditionalisten, drängte auf Zusammenarbeit mit den Gewerkschaften, glaubte in den sozialistischen Ländern die Kraft zu erkennen, die auch die Interessen der Arbeiter in den Industriestaaten und die Interessen der Bevölkerung der Länder der dritten Welt verteidigte. Daraus folgte ihre *Drei-Säulen-Theorie*, daß die Veränderung, der Kampf gegen die Ausbeutung, durch diese drei Kräfte geleistet werde, also die sozialistischen Länder, die Befreiungsbewegungen in den Ländern der dritten Welt und die Arbeiterklasse in den Industrieländern gestärkt werden müßten. Und dann gab es die Gruppe der *Seminarmarxisten*, die nach kategorialen Bestimmungen im *Kapital* suchte. Es war ein hartnäckiger, erbitterter Streit, wobei mir die Traditionalisten als Personen in ihrem Auftreten recht bieder vorkamen, obwohl ihre Strategie, die so ganz auf die politische Praxis ausgerichtet war, plausibel war. Die Theorie der sogenannten Antiautoritären war in ihren Brechungen, in der Lustbetontheit, Verspieltheit zunächst weit anziehender. Sie hatte die Arbeiter als zutiefst kleinbürgerlich und *besitzorientiert* abgeschrieben und setzte auf Bewußtseins- und Bedürfnisveränderung.

Ich war im Frühjahr 1965 zum ersten Mal beim SDS, dem Sozialistischen Deutschen Studentenbund. Ein Student hatte uns erzählt, in einem Keller werde die Kritik von Marx an der *Rechtsphilosophie* von Hegel diskutiert. Ich war zu dem Treffen gegangen, dann aber nur stummer Zuhörer geblieben, weil über Studienreformen geredet wurde. Nur ganz zum Schluß kam es zu einer kontroversen Diskussion über ein Marxzitat, das eine Studentin vorlas.

Am nächsten Tag hatte ich mir *Die Frühschriften* von Marx gekauft, einen blauen Band, erschienen im Kröner Verlag. Wenn ich das Buch heute in die Hand nehme, sehe ich fast jede Zeile unterstrichen, blau, rot und schwarz, ohne daß ich sagen könnte, welche Bedeutungen die Farben damals für mich gehabt haben. Und in all dem Unterstrichenen sind schon fast die Zeilen am interessantesten, die nicht unterstrichen sind, die einfach als Zeile dastehen. Wobei die Farben möglicherweise auch aus verschiedenen Zeiten der Lektüre stammen. Aber die damals zitierte Stelle sticht noch immer hervor, weil sie in der politischen Arbeit der revolutionären Gruppen nicht berücksichtigt wurde und sich ihre Aussage ex negativo bestätigt hat: *Die Revolutionen bedürfen nämlich eines passiven Elementes, einer materiellen Grundlage. Die Theorie wird in einem Volke immer nur so weit verwirklicht, als sie die Verwirklichung seiner Bedürfnisse ist.* Eben das wurde in allen Gruppen, den großen wie den kleinen, auch den ganz großen, den Ländern des *realen Sozialismus*, nicht berücksichtigt. Es ging nicht um die Verwirklichung der Bedürfnisse, sondern um die theoretisch dogmatische Festlegung, was denn die Bedürfnisse zu sein hätten.

Studenten fordern Mitbestimmung. NPD in den Landtagen von Schleswig-Holstein und Rheinland-Pfalz. Studenten und Bergarbeiter streiken in Spanien gegen den Diktator Franco. Proteste in New York gegen den Vietnamkrieg. Putsch der Militärs in Griechenland. Seit zwanzig Jahren erstmals Rezession der Wirtschaft. Kiesinger spricht von der DDR als Phänomen. Generalstreik gegen de Gaulle. Israel beginnt den Sechstagekrieg gegen Ägypten. NPD im Landtag von Niedersachsen. Entlaubung des vietnamesischen Dschungels. Auf Besuch in Deutschland: Der Schah und Schah Banu.

Es waren nicht sofort die großen Veränderungen, die man sich selbst abverlangte. Es war zunächst einmal ein

Versuch, dieses brav Einvernehmliche zu überwinden, das mich oft am Widerspruch hinderte. Ein Versuch, den viele machten, das Brave, Gehorsame, das uns anerzogen worden war und das wir verinnerlicht hatten, abzulegen. Die *Antiautoritäre Bewegung*. Ein Selbstversuch, der exemplarisch in der *Kommune I* gelebt wurde. Mir ist es nicht gelungen, das Gefühl der Peinlichkeit, was denken andere über mich, abzulegen. Es begleitet mich bis heute. Wahrscheinlich ist es die Voraussetzung für ein rücksichtsvolles Umgehen miteinander.

Kaum noch nachzuvollziehen ist heute, mit welchem Ernst, mit welcher Hingabe einmal die revolutionäre Theorie diskutiert wurde, eben aus diesem, wie Marx schreibt, *kategorischen Imperativ* heraus, ... *alle Verhältnisse umzuwerfen, in denen der Mensch ein erniedrigtes, ein geknechtetes, ein verlassenes, ein verächtliches Wesen ist.*

Der Versuch, die Verhältnisse zu ändern, aber dergestalt, daß man sich mit den anderen selbst verändert, wie es Herbert Marcuse beschrieben hat, der, auf die Tat drängend, so wichtig für mich und viele andere Studenten in der Revolte wurde. Und in der zweiten Fassung meiner Arbeit über Camus ist diese Verbindung zwischen dem Denken von Marcuse und dem von Camus insbesondere in *Der Mensch in der Revolte* herausgearbeitet, ein praktisches, auf Veränderung zielendes Philosophieren, das von einer Welt ohne Transzendenz ausgehend um so mehr auf den Anspruch eines Glücks im Diesseits für alle insistiert.

Glück kann nur das Glück auch der anderen sein, darum der Anspruch auf Freiheit und Gerechtigkeit. Es sind praktische, auf die Existenz zielende Forderungen: Empfindsamkeit, eine distinktive Wahrnehmung von Herrschaftsmechanismen, von Unrecht, von eklatanter und stiller Ausübung von Gewalt. Auch zwischen den Geschlechtern. Der Wunsch nach Gleichheit, nach freien, offenen Beziehungen. Ein Entwurf von Welt, der in sich das lustvoll Unabgeschlossene trägt, die, wie Jacques Derrida in *Marx' Gespenster* schreibt, *emanzipatorische Verheißung.*

Zumindest am Anfang war es der Versuch, die Veränderung, die Befreiung, das *Andere zu leben*, indem man sich, seine Ängste und Schwächen, ungeschützt aussprach, darauf vertrauend, das Eröffnete würde nicht zur eigenen Herabsetzung, sondern zum tieferen Verstehen beitragen.

Erst später, Anfang der siebziger Jahre, begann die Zeit der rigiden Organisation in Zirkeln, Gruppen, Parteien. Begann die Diskussion über revolutionäre Strategie, die Bedeutung des Satzes aus den Marxschen *Thesen über Feuerbach*: *Die Philosophen haben die Welt nur verschieden interpretiert; es kömmt drauf an, sie zu verändern.* Aber wie? Und wann? Und wo? Mit dem Anspruch beginnt notwendig auch die Aufsplitterung, das Sektierertum, die Fraktionierung, denn wenn es darauf *ankömmt,* die Welt zu verändern, ist ja das Wie abermals, und zwar sehr zentral, der Interpretation unterworfen, und nur ein langsam erstarrendes, organisatorisch bürokratisches Denken glaubte, es gäbe nur die eine, die einzig richtige Theorie. Die Wortwahl verriet es: die Generallinie. Zu der Zeit war, obwohl er immer wieder als Autorität zitiert wurde, die andere Einsicht von Marx verdrängt und vergessen: *Die Theorie wird in einem Volke immer nur so weit verwirklicht, als sie die Verwirklichung seiner Bedürfnisse ist.*

Das Bemühen, das Unterdrückende, Beschneidende in allen Lebensbereichen aufzudecken und zu benennen, erzeugte seinerseits wiederum ein repressives Verhalten gegenüber jeglicher Abweichung. Etwas, das sich dem Politischen entzog, war verächtliches *Privatisieren.* Das abwertende Wort: *Beziehungskiste.* Die kurzschlüssige Verbindung von Besitzanspruch und Liebe – die Herabsetzung von Liebe, die Treue braucht. Und meist waren es Vorwürfe an Frauen, die auf dem autonomen, dem politischen Zugriff zu entziehenden Wert von Gefühlen bestanden. Und es gab im Namen der Befreiung den Mißbrauch von Argumenten für emotionale Auseinandersetzungen. In der Ehe des Freundes müssen sich nach dem Bericht der Mitbewohner solche Konflikte angedeutet haben. Sie, Christa Ohnesorg, muß ihn mit ihren *radikalen* Vorstellungen konfrontiert haben, die er mit einem Lächeln kommentierte, um sich dann in sein aufgeräumtes, ästhetisch karg eingerichtetes Zimmer zurückzuziehen, während sie in ihr Zimmer ging, in dem alles durcheinandergelegen haben soll, Wäsche, Bücher, Teller und Töpfe, dort saß sie und bereitete sich auf das Staatsexamen vor.

Meine Sicht auf die Frau ist durch Erzählungen bestimmt, in denen sie meist in einem ungünstigen Licht erscheint. Alle, die beide kannten, fanden, sie paßten nicht zueinander. Er der ruhige, sensible, taktvolle Mann – sie die robuste, laute Frau, die immer wieder Menschen, auch Freunde und Bekannte, *vor den Kopf stieß*. Vermutlich hat ihn eben das an der Frau angezogen, ihre spontane Unbekümmertheit. Und es war für ihn sicherlich keine Frage, die Frau, nachdem sie ungeplant schwanger geworden war, auch zu heiraten. Immerhin hatte sie nach seinem Tod die Kraft und Ausdauer, trotz der Unruhe, trotz des Leids, ihr Studium und die Ausbildung als Lehrerin abzuschließen, um, wie sie sagte, das Kind *großzukriegen*.

Jetzt, während des Schreibens, stieß ich noch auf ein anderes Foto von ihm. Von oben aufgenommen, liegt er am Boden, auf der Seite. Es ist wohl das, was man als stabile Seitenlage bei einem Verletzten bezeichnet. Im Vordergrund die Füße, die Sandalen. Neben ihm steht ein Polizist, eine weiße Mütze auf dem Kopf, einen Knüppel in der Hand. Als habe er den Demonstranten eben niedergeschlagen. Aber wir wissen, er wurde erschossen. Eine Zeitlang muß er schon dagelegen haben, wahrscheinlich wurde das Foto nach dem anderen aufgenommen, das ihn mit der Frau in dem dunklen Umhang zeigt. Auf diesem sieht man um ihn herum Fußspuren auf dem Asphalt, blutige Fußspuren. Das ist das Foto, das bei mir erst Schrecken, dann Entsetzen auslöste. Denn auf diesem Foto hält er die Augen geöffnet, der ins Leere, auf den Asphalt gerichtete Blick eines Sterbenden.

Ich wünschte mir, die Bildfolge wäre eine andere, erst diese Aufnahme und später das Foto mit der schwarz gekleideten Frau.

Die Suche nach seinem Tod. Ich ging die Straße, die hier noch ein Weg war, vom See, der *Fauler Wannensee* heißt, entlang, rechts lagen die Gartenlaubenhäuser, einige waren im Laufe der Jahre wintersicher, zum ständigen Bewohnen ausgebaut worden. Die seitlich abzweigenden Wege hießen *Reiherstieg* und *Froschfeld*. Hinter den Hecken saßen die Familien. Es roch nach Kaffee, Wespen wurden von dem Pflaumenkuchen verscheucht. Die Gespräche verstummten, wenn ich an die Pforte trat, um den Namen zu lesen. Hunde kläfften, und an einigen der Türen waren vorgedruckte Schilder mit der Aufschrift: *Hier wache ich*. Daneben war die Fotografie des Hundes zu sehen, einmal ein Dobermann, ein andermal ein Schäferhund. Rechter Hand die Häuser, die als Sommerhäuser um die Jahrhundertwende gebaut worden waren, einfache, oft aus Backstein errichtete Bauten. So ging ich langsam, von dem Kläffen der Hunde begleitet, die kaum befahrene Straße entlang.

Zuvor hatte ich in einem Einkaufszentrum unter zwei Wohntürmen mit mehr als 20 Stockwerken einen Kaffee getrunken und den Stadtplan studiert. Ein paar Rentner standen an der Theke und tranken Bier. Es war kurz nach 12 Uhr. Am Nachbartisch saß ein alter

Mann, der Kartoffelpuffer aß. Bedächtig schnitt er die Bissen ab, wälzte sie vorsichtig im Mund, nicht genießerisch, eher als gelte es, einen Schmerz zu vermeiden, aß etwas von dem Apfelmus aus dem Glasschälchen, das er, nachdem er die Puffer gegessen hatte, sorgfältig mit einem Löffel auskratzte.

Zwei stark geschminkte Frauen um die Fünfzig saßen am Nebentisch. Unter einem hellbeigen engen Pullover quoll das Fleisch an den BH-Breitbandträgern hervor. Das Wort Rentenanpassung und wenig später das Bruchstück eines Satzes: *Der ist einfach ausgestiegen, stell dir vor, und hinter ihm nix.*

Ich hatte mir den Weg auf dem Stadtplan eingeprägt.

Eine Schule, dahinter ein paar Wohnhäuser, vierstöckig, frühe sechziger Jahre. Balkone, Blumenkästen, der kurzgemähte Rasen, auf der Rückseite gelegene Eingänge. Am zweiten Eingang, an dem Klingelbrett mit Namensschildern in unterschiedlicher Schrift, eines auch angeklebt und handgeschrieben, las ich den Namen – den Namen dessen, der ihn erschossen hat: Kurras.

Ich stand da und zögerte. Aus dem Hintergrund war das Geschrei spielender Kinder zu hören. Ich hatte mir vorgenommen zu klingeln, zögerte jetzt und sagte mir, er wird genau das sagen, was du weißt, nichts. Tatsächlich aber wußte ich nicht, was ich hätte sagen sollen, wenn er denn die, wie ich gehört hatte, mit Stahl verstärkte Wohnungstür geöffnet hätte. Nur das wußte ich, aggressiv würde ich nicht werden, nicht mehr.

So ging ich denn zurück. Es begann zu regnen. Ich ging langsam durch den gleichmäßig fallenden Regen, kaum daß ich ihn spürte.

Das andere sind Erzählungen und Berichte: seine Frau, die mit ihm zusammen auf der Demonstration gewesen war, aber nach Hause ging, weil sie sagte, Gewalt liege in der Luft. Sie wartet auf ihn, nachts, und als er nicht kam, sagt sie sich, er wird diskutieren. Sie ging ins Bett. Morgens um fünf wurde sie durch den Anruf eines Journalisten geweckt, der sie, die Schlaftrunkene, fragte, was sie denn zum Tod ihres Mannes sage. Das Unfaßliche.

Sie, die im Hinterzimmer sitzt, liegt, abgeschirmt von ihrer Freundin. In dem vorderen Zimmer haben sich Studenten versammelt, Journalisten, erregte politische Diskussionen. Der Vater aus Hannover ist angereist, sitzt in der Küche, sprachlos, bewegungslos. Die Freundin muß ihn füttern.

Die Freundin, Brigitte, die Christa Ohnesorg am nächsten stand – sie kannten sich schon aus der Schulzeit –, zeigt mir Fotos, auf einem sind zwei Mädchen zu sehen, jung, lachend, im Bikini am Strand, auf einer Promenade, an einem See, im Gebirge. Getrampt sind die beiden, sie haben wochenlange Trampreisen durch Europa gemacht. Hier sitzt sie neben mir, eine grauhaarige, nachdenkliche Frau. Sie hat die besondere Gabe des teilnehmenden Blicks, und anteilnehmend ist ihr Erzählen. An der Wand hängt ein indianischer Traumkescher. Ihr Mann, ein Anglist, schreibt über Indianer in den USA. Sie erzählt, wie sie nach seinem Tod, von der Freundin gerufen, nach Berlin kam, wie sie auf Bitten ihrer Freundin, die es *nicht über sich brachte*, mit dem Vater in die Morgue gefahren war. Wie sie in den Raum kamen, dieses kalte Licht. Da lag er in einer Hose und einem weit ausgeschnittenen Hemd, um den Kopf einen weißen Verband. Und, sagt sie, und stockt, schön war er, wie ein griechischer Held lag er da. Dann sah sie den tiefen violetten Schnitt der Obduktion am Hals, mit groben Stichen vernäht. Sie steckte dem Toten das Buch in die Hände, das er zuletzt gelesen und das ihn bewogen hatte, zu der Demonstration zu gehen. Nirumand: *Persien. Modell eines Entwicklungslands.* Und legte ein Foto dazu. Ein Foto aus einem gemeinsamen Urlaub, das er besonders mochte. Die Freundin zeigt es mir. Seine junge schöne Frau im Bikini am Strand, braun gebrannt ist sie, das Haar offen und lang, sie hebt eine Boulekugel zum Wurf nach vorn und hoch. Jetzt, in diesem Augenblick, wird sie loslassen. Das Meer im Hintergrund, der Strand, die Kugel, die aufblitzt, der Flug – eine kurze schöne Parabel.

Der Schreck waren die Hände, seine Hände, sagt sie, kalt und starr. Und die blauen Flecken am Hals, an den Oberarmen, das ging ihr durch den Kopf, daß er geschlagen worden sei. Aber vielleicht waren das schon die Leichenflecken.

Wer wußte das damals, man hat denen alles zugetraut.

Tatsächlich muß er vor dem Todesschuß zusammengeknüppelt worden sein. Die staatliche Gewalt vom

2. Juni 1967 ist seinem Körper eingezeichnet: *Blutunterlaufungen Oberarm links 16×7 cm, Mitte linker Oberarm 5×3 cm, linker Oberschenkel 4 cm, linke Gesäßbacke starke Blutunterlaufungen am Darmbeinsporn, Unterarm rechts 9 cm;* auch am Kopf, an den Fingern – elf Blutunterlaufungen verzeichnet der Obduktionsbericht.

Vermutlich ist noch auf ihn eingetreten worden, als er sterbend am Boden lag.

Der Vater stand wie erstarrt vor dem Jungen. Sie hatte große Mühe, ihn nach einer langen Zeit aus dem Raum zu drängen, weg von seinem Jungen, der dalag wie in einem tiefen, die Welt versammelnden Schlaf. Sie stockt in der Erzählung, die kurzsichtigen Augen hinter den Gläsern. Ihr ist die Rührung anzusehen, die Bewegtheit der Erinnerung, sie ist dem Weinen nahe.

Nicht nur die Dinge haben Tränen, vor allem sie, die Verlassenen, Einsamen, die Untröstlichen.

Die Überführung des Sarges nach Hannover. Sie flog mit Christa Ohnesorg zur Beerdigung nach Hannover, und vom Flugzeug sahen sie unten die Autobahn und die Kolonne der Autos, die den Sarg begleiteten. Die Trauerfeier in der Universität Hannover, auf der Habermas sprach, der Friedhof, dicht gedrängt standen die Menschen. So viele Menschen, diese unfaßliche Stille. Es war ein nachdenkliches Schweigen und zugleich eine schweigende, spürbar gezügelte Wut.

Noch hoffe ich, daß sich in den mit allen möglichen gebrauchten Dingen vollgestellten Kammern und Zimmern seines Sohnes vielleicht doch Gedichte finden lassen, Gedichte, auf die ich gewartet, die zu lesen ich mir in den seit unserer Trennung vergangenen Jahren gewünscht habe.

Ich kann mich an keinen Streit erinnern. Auch jetzt, nach Monaten, seit ich über ihn schreibe und von ihm träume und viele Bilder, Gerüche, Sätze wieder aufgetaucht sind, auch jetzt – und das ist keine rückblikkende Verklärung – kann ich nichts Irritierendes an ihm und in unserer Freundschaft finden. Es konnte zu keiner Verstimmung kommen, jeder beließ den anderen in dem, was er tat, was er las, was er schrieb. Wir haben – abgesehen von der Tibeterin auf dem Foto – nicht über Frauen gesprochen, was in der Zeit, und nicht nur in der Zeit, verbreitet war, die ausführlichen Gespräche über Mädchen, die Gespanntheit, wenn einer sich für ein Treffen zurechtmachte, sich rasierte, duschte, anzog, losging, das wurde beobachtet, denn die meisten hatten ihre Schreibtische im Zimmer am Fenster stehen, Fenster, die durch zwei Mauerstreifen geteilt waren, also dreiteilig und hoch. Und dann vor allem am nächsten Tag die Erzählungen, oft renommierende Berichte, nach den Treffen, nach den Erfolgen, den *Treffern*. All das kam zwischen uns nicht zur Sprache. Er wußte von den Mädchen, die ich kannte, kurze intensive Begegnungen, sah sie, aber kommentarlos, wenn nicht dieses Lächeln ein Kommentar war, er hatte etwas freundlich Beobachtendes, ohne jeden moralischen Beigeschmack, auch ohne einen Anflug von Neid, lachte, als einmal das Konfektions-Bett zusammengebrochen war und der Hausmeister gerufen wurde, um es zu reparieren. Er sah das Bett und sagte nur, laß es verstärken, mit acht Beinen.

Er hatte eine Freundin in Hannover, erzählte ein anderer Kollegiat, aber wie nah sie ihm war, wußte ich nicht, nicht, was sie beruflich machte, wie sie aussah, wie sehr er sie mochte, aber doch glaubte ich zu spüren, daß er ihr nicht körperlich nahe war.

Etwas schüchtern Suchendes war an ihm, eine Zurückhaltung, etwas, was ihn warten ließ.

Und später, wie hat er sie, Christa, gesehen, als er sie zum ersten Mal traf? Was war ihm als erstes aufgefallen? Das Foto, das sie am Strand zeigt, die Kugel in der Hand, diese kräftige braungebrannte junge Frau, die mit diesem schönen Schwung die Kugel auf ihre Bahn bringen wird.

Worauf richtet sich der Blick, der eine Person aus Hunderten hervorhebt, überraschend. Ein Mund, eine Bewegung, Haare, die Haltung, die Stimme, Mimik. Aber was ist dieser erste Blick? *Liebe auf den ersten Blick*. Was fesselt die Aufmerksamkeit? Es ist nicht allein der gerichtete Blick, der Raum gehört dazu, das Licht, die An- oder Abwesenheit anderer Menschen, Geräusche, Musik, leises Reden, Lachen und die Überraschung, das Plötzliche. Roland Barthes schreibt in *Fragmente einer*

Sprache der Liebe: Denn an der Liebe auf den ersten Blick muß gerade das Zeichen der Plötzlichkeit haften (das mich unverantwortlich macht, dem Schicksal unterworfen, schwärmerisch, hingerissen): und von allen Objektzusammenstellungen ist es das Bild, das sich offenbar am besten dazu eignet, »zum ersten Mal« wahrgenommen zu werden: ein Vorhang zerreißt: was noch nie zuvor gesehen worden ist, wird als Ganzes entdeckt und deshalb mit den Augen verschlungen: das Unmittelbare gilt als das Vollständige: ich bin eingeweiht: das Bild heiligt das Objekt, das ich lieben werde.

Eine junge Frau, ein Mädchen, sitzt in der Bibliothek und liest, so versunken in den Text, daß sich der Wunsch regt, der dringliche, begehrliche Wunsch, diese Versunkene, Schöne, schön, weil versunken in sich, in den Text, zu hören, ihre Stimme, der sie, das war die Vorstellung, in diesem Augenblick selbst so versunken lauscht. Sie erwecken, buchstäblich, zurückholen. Sie möge sich so versenken in den, der man ist, in das, was man zu sagen hat, in den Fragenden, Zweifelnden, Hoffenden, mit dieser selbstvergessenen, ausschließlichen Hingabe. Das ganz Überraschende wird sein, der Fragende, Begehrende wurde nicht enttäuscht, bis heute nicht.

Aber das wird Jahre später sein, 1969, im Februar, in der Seminarbibliothek für deutsche Literatur in München, und der Gleichmut, die *indifférence,* war schon zuvor verloren.

Nach diesem einen Treffen verschwand sie. *Wie vom*

Erdboden verschluckt. Alles Suchen, Ausschauhalten war vergeblich, Tage, Wochen vergingen darüber, und dann, plötzlich, tauchte sie nach zwei Monaten in der Cafeteria, einem schmucklosen, weißgetünchten Raum, mit unbequemem Seminargestühl und Tischen möbliert, wieder auf, kam ungerufen, eine fast leere Tasse Kaffee auf der Untertasse balancierend, an meinen Tisch, war in der Zwischenzeit zweimal über den Äquator geflogen, hin nach Argentinien und zurück. Wir saßen und sprachen, als hätten wir uns am vergangenen Tag getroffen, und nach einer Woche wußten wir, daß wir zusammenbleiben würden.

So nahe, nebeneinander, hautnah. Der *Nächste*, der ganz andere, in dem man sich selbst auch erfährt, nicht der sein wollen, der man ist, sondern der sein, der man sein könnte, der sich in den Augen des anderen spiegelt, größer, reicher, nicht festgelegt wie bisher, sondern auf zukünftiges Gelingen angelegt.

Gespräche über Günter Grass, Julio Cortázar, Arno Schmidt und Martin Walser, über Brecht, Borges und Stifter. Eine bunte Mischung. Ein Lesen mit dem anderen und durch den anderen. So wird alles in ein neues Licht getaucht. Entdeckungen. Kontinente lagen vor uns, das war das Gefühl. Und sie waren mit dem Erkunden verbunden, dem Fühlen, dem Abtasten dessen, was so selbstverständlich zu sein *scheint*, die Sprache der Liebe erhellt durch die Sprache gemeinsamer Lektüre.

Das Unverständnis für jene Paare, bis heute, die sich, im Streit lebend, lieben können, den Streit pflegen, kultivieren, auf der Bühne der Öffentlichkeit inszenieren. Das Staunen darüber, wie Nähe jedesmal erobert werden muß und sich nicht schenkt und gegenschenkt. Das war mein Wunsch, ein *Podlach* der Gefühle wie bei den Hopi-Indianern, nicht das ökonomische Knausern, das Knapphalten, um den Wert zu steigern, sondern wer kann von sich am meisten geben, wer bleibt der Beschenkte, ein Wettbewerb in Zuwendung.

Auch das begleitet mich jetzt in den letzten Tagen, nach sieben Monaten Schreiben, ein Druck auf der linken Brust, hin und wieder beim Durchatmen. Es sind nicht Schmerzen, kein Stechen, ein sanfter Druck, so ist das Herz spürbar geworden.

Erinnern führt ins Innere. Im französischen *rappeler* steckt noch etwas von dem, was der Orpheus-Mythos sagen will, dieses Zurückrufen des Vergangenen, des Toten. Das Wort, der *sinnliche Sinn*, bringt nahe: dein Gesicht in der dunklen Scheibe des Zugabteils. Das Schlagen der Räder. Das Kreischen der brütenden Möwen, auch nachts, im Kreidefelsen von Dover. Dann die Stimme, nur diese Stimme, aus einem dunklen Fenster, die singt: *Die Gedanken sind frei.* Die Frau, die auf der Parkbank sitzt, im Dunkeln, eingeschneit. Das Knistern des springenden Kandis im heißen Tee. Die schwarze Mähne des Pferdemenschen. Die verschlossenen Austern auf ihrem Bett aus Eis.

Ich wollte etwas Neues beginnen. Und es sollte, wie beim Wechsel von Hamburg nach Braunschweig, von München nach Paris, wieder einmal alles Frühere zurückbleiben. Ich hatte bis zu der Nachricht von seinem Tod auf eine Veröffentlichung von ihm gewartet. Es hätte mich nicht überrascht, in den *Akzenten* Gedichte von ihm zu lesen. Es wäre der Moment gewesen, ihm zu schreiben. Als ich mit der Arbeit über den Freund begann, ließ ich über ihre Freundin Christa Ohnesorg fragen, ob sie Gedichte, Texte von ihm habe. Wie groß war mein Erstaunen, als ich hörte, sie kenne nur ein Gedicht von ihm und wisse sonst von keiner anderen literarischen Arbeit.

Er muß sein Schreiben vor anderen wieder verschlossen haben, auch vor dem Menschen, der ihm am nächsten stand. Möglicherweise hat er kaum noch oder gar nicht mehr geschrieben. Vielleicht war er in einer Situation, die meiner in München glich, bevor ich nach Paris ging.

Wenig später, nachdem ich Christa Ohnesorgs Brief bekommen hatte, starb sie. Vielleicht hätte sie mir die Fragen beantworten können, die mich seitdem bewegen. Zur Trauer, meiner, gehört auch, nicht gefragt zu haben. Nicht mehr die Möglichkeiten haben, etwas zu klären, zu erklären. Und zu verstehen.

Wie kam es zu dem Verstummen, noch vor seinem Tod?

Wo ist das Zittern lösender Schreie
Die große Schmelze Wort?